中华古典文学选本丛书

唐诗三百首

下册

〔清〕蘅塘退士 编

张忠纲 评注

中华书局

韦应物

淮上喜会梁州故人

江汉曾为客¹，相逢每醉还。
浮云一别后²，流水十年间³。
欢笑情如旧，萧疏鬓已斑⁴。
何因不归去？淮上有秋山⁵。

　　诗写故人久别重逢的感慨。首二句忆昔日梁州同游之乐，令人留恋不忘；三、四句感慨人生犹如浮云流水，一别十年，离易会难；五、六句喜今日重逢欢聚，又惊鬓发斑白，喜中含悲；末二句喜秋山而不恋繁华，直抒怀抱。全诗疏密相间，详略适宜，字字锤炼，气格高古。

1　江汉：即指梁州，长江最大支流汉水由此流过。

2　浮云：喻漂泊不定、聚散无常。

3　流水：喻时光流逝。二句暗用旧传李陵、苏武河梁送别诗意。李陵《与苏武诗三首》其一："仰观浮云驰，奄忽互相逾。风波一失所，各在天一隅。"苏武《诗四首》其四："俯观江汉流，仰视浮云翔。良友远离别，各在天一方。"

4　萧疏：形容鬓发稀散。

5　秋山：韦《登楼》诗亦云："坐厌淮南守，秋山红树多。"秋山红树，大概就是诗人不愿归去的原因。

赋得暮雨送李曹

楚江微雨里[1]，建业暮钟时[2]。

漠漠帆来重，冥冥鸟去迟[3]。

海门深不见[4]，浦树远含滋[5]。

相送情无限，沾襟比散丝[6]。

诗写雨中送别，妙在紧扣题目，极力渲染送别气氛。首句点雨，次句点暮，交代送别时、地；三、四摹写雨中景象，帆带雨觉重，鸟冒雨飞迟，前加"漠漠""冥冥"，连用叠字，精神愈出。此是近景；五、六远景，亦是暮色雨景，指出友人东游去向；七句明点相送，结句照应首句，雨中送人，微雨、散丝、雨点、泪点、浑成一片。全诗句句写雨，总不脱"暮"字景象。而又句句含情，总不离送别情谊。细雨蒙蒙，暮色苍茫，景中寓情，情景交融，读来令人神往。

1　楚江：长江自三峡至濡须口（在今安徽境内）一段，古属楚地，故称"楚江"。

2　建业：即今南京市，三国吴建都于此，故称建业。

3　漠漠：雨雾弥漫貌。帆来重：帆因雨湿而重。冥冥：细雨迷蒙貌。鸟去迟：鸟冒雨而飞迟。二句从梁简文帝《赋得入阶雨》"渍花枝觉重,湿鸟羽飞迟"化出,而青胜于蓝。

4   海门:长江入海处。

5   浦树:江边之树。滋:湿润。

6   散丝:指细雨。

韩翃

酬程近秋夜即事见赠

长簟迎风早[1]，空城淡月华[2]。
星河秋一雁[3]，砧杵夜千家[4]。
节候看应晚[5]，心期卧已赊[6]。
向来吟秀句[7]，不觉已鸣鸦[8]。

———

此诗前半写秋夜景色，应程诗《秋夜即事》。颔联清远纤秀，尤为新警，向为人所称道。查慎行曰："'秋''夜'二字极寻常，一经炉锤，便成诗眼。"（《初白庵诗评》）后半写秋夜感怀，叙二人友情，深挚感人；末联照应题目，酬答得体。

———

1　长簟（diàn）：犹高竹。簟，竹名。

2　淡：流荡貌。月华：月光。

3　星河：银河。

4　砧（zhēn）：捣衣石。杵：用以捶衣的木棒。

5　节候：季节气候。

6　心期：心心相印，两相期许。《南史·向柳传》："柳曰：'我与士逊（颜峻）心期久矣，岂可一旦以势利处之？'"卧：睡。赊：迟。

7　向来：犹刚才。秀句：誉程近《秋夜即事》诗。

8　鸣鸦：指天亮鸦啼。

刘眘虚

阙 题

道由白云尽，春与青溪长。
时有落花至，远随流水香。
闲门向山路[1]，深柳读书堂。
幽映每白日，清辉照衣裳[2]。

诗系五律拗体，写春日入山缘溪寻幽探胜之雅人深致，明白如话，情韵盎然，于清微淡远之中，饶有幽深拗峭之趣，是刘眘虚的代表作，被人誉为千古绝唱。周珽评曰："此诗清空朴古，全不见斧凿痕，趁笔随机，似浅似深，有意无意，从起到结，语语烟霞。幽隐人录此，可以作赋，亦可以作铭。大约眘虚之诗，思由天出，巧从自然，故落墨毫不着色相乃尔。"（《唐诗选脉会通评林》）

1 "闲门"句：《河岳英灵集》引作"开门向溪路"。
2 辉：《河岳英灵集》引作"晖"。

戴叔伦

江乡故人偶集客舍

天秋月又满，城阙夜千重[1]。

还作江南会[2]，翻疑梦里逢[3]。

风枝惊暗鹊，露草泣寒虫[4]。

羁旅长堪醉[5]，相留畏晓钟[6]。

诗写客中故人偶集之喜，反衬羁旅思乡之愁，益显情意缠绵。月圆人亦圆，却是异乡偶作江南会，故反疑梦中相逢，乍惊还喜之情溢于言表。"风枝惊暗鹊"，隐寓曹操《短歌行》"月明星稀，乌鹊南飞。绕树三匝，无枝可依"之意，加之露湿秋草，寒虫悲鸣，羁旅之苦难以名状，故醉饮取欢以遣愁。但相见时难别亦难，"相留畏晓钟"，"畏"字下得凄婉，眷恋难舍之情，渗透字里行间。

1　城阙：指京城长安。千重：犹言千门万户。

2　江南会：江南故人会集，金坛在长江南，故云。

3　翻疑：反而怀疑。司空曙《云阳馆与韩绅宿别》："乍见翻疑梦。"

4　寒虫：一作"寒蛩"。蛩（qióng），蟋蟀。

5　羁旅：漂泊异乡。

6　晓钟：报晓的钟声。

卢 纶

送李端

故关衰草遍[1]，离别正堪悲。
路出寒云外，人归暮雪时。
少孤为客早[2]，多难识君迟[3]。
掩泣空相向[4]，风尘何所期[5]。

　　这首送别诗写得感情真挚，凄怆动人。俞陛云曰："诗为乱离送友，满纸皆激楚之音。前四句言岁寒送别，念征途之迢递，值暮雪之纷飞，不过以平实之笔写之。后半篇沉郁激昂，为作者之特色。"（《诗境浅说》甲编）颔联二句，上句写己送人去，行路远于寒云之外，念友情深；下句写人去己归，暮雪纷纷，喻己心情之孤寂烦乱。以景拟情，宛然如画。颈联二句，回忆往事，感慨身世，悲己恋友，字字从肺腑中流出，深挚感人。全诗尽写一个"悲"字：悲己、悲友、悲世、悲离别在即、悲后会难期，真是世乱已如此，一悲何时已！

1　故关：故乡。

2　少孤：卢纶早孤，少依外家，故云。

3　君：指李端。

4　掩泣：掩面哭泣。空：徒然。

5　风尘：指战乱。期：后会之期。

李　益

喜见外弟又言别

十年离乱后[1]，长大一相逢。
问姓惊初见，称名忆旧容。
别来沧海事[2]，语罢暮天钟[3]。
明日巴陵道[4]，秋山又几重。

———

　　诗写身处离乱中久别重逢而又匆匆惜别情景，逼真传神，向被誉为中唐五律名篇。首联写久别，"十年离乱"为全诗蓄势，定下基调。幼年曾相见，因"离乱"而一别十年，十年长大方得"一相逢"。"一"字下得精警，含意深广。一相逢，乍相逢也，偶相逢也，惊相逢也。离乱之中，生死未卜，邂逅相遇，出人意外，更喜出望外，格外难得、珍贵；颔联正面写重逢之喜，抓住乍相见的一刹那，纤细入微而又脉络清晰地再现了久别重逢时又惊又喜的情感变化；颈联叙旧，化用沧海变桑田的典故，高度概括地写出了十年间个人、亲友和社会的种种变化，语简意丰，情深谊挚；末联言别，聚散匆匆，重山阻隔，秋景凄凉，将伤别的惆怅心情活现目前。全诗语言凝练，质朴自然，层次分明，意深情笃。胡应麟称此诗"妙境往往有不减盛唐者"(《诗薮·内编》卷四),但细味之,已全然是大历气象。

1　十年离乱:指安史之乱,安史之乱历经九年(755—763)方才平定。

2　沧海:指沧海桑田的巨大变化。

3　暮天钟:傍晚时的钟声。

4　巴陵:今湖南岳阳。

司空曙

云阳馆与韩绅宿别

故人江海别，几度隔山川[1]。
乍见翻疑梦[2]，相悲各问年。
孤灯寒照雨，深竹暗浮烟[3]。
更有明朝恨[4]，离杯惜共传[5]。

此诗与前李益《喜见外弟又言别》同为大历五律咏别名
篇，意亦相近，但不及李诗深沉。首联叙相见之难，颔联写久
别忽遇之情，颈联写夜中共宿之景，末联抒明朝相别之恨。颔
联为千古名句，尤为人所激赏。二句将久别忽遇、乍喜反疑、
悲喜交集的复杂心情，写得逼真传神，"翻""各"二字尤妙。
方回誉为："乃久别忽逢之绝唱也。"（《瀛奎律髓》卷二十四）

1　几度：几度春秋，犹言多少年。

2　乍：骤然，突然。翻：义同"反"。

3　深：一作"湿"。

4　明朝恨：明早相别之恨。

5　惜：莫惜，莫辞。共传：共同举杯。

喜外弟卢纶见宿

静夜四无邻，荒居旧业贫[1]。
雨中黄叶树，灯下白头人[2]。
以我独沉久[3]，愧君相见频。
平生自有分[4]，况是霍家亲[5]。

　　此诗前半写贫老独处之悲，后半写表弟见宿之喜，反正相生，益显穷愁潦倒之悲。三、四尤佳。谢榛曰："韦苏州曰：'窗里人将老，门前树已秋。'白乐天曰：'树初黄叶日，人欲白头时。'司空曙曰：'雨中黄叶树，灯下白头人。'三诗同一机杼，司空为优：善状目前之景，无限凄感，见乎言表。"（《四溟诗话》卷一）而王维《秋夜独坐》云："雨中山果落，灯下草虫鸣。"马戴《灞上秋居》亦云："落叶他乡树，寒灯独夜人。"虽互有异同，但总以曙诗最佳。

1　旧业：祖上所传家业。
2　白头人：作者自指。二句以秋雨落叶，比喻历经沧桑的衰老之人。
3　沉：沉沦。
4　分：缘分，情谊。

5　霍家亲：诸本多作"蔡家亲"。晋名将羊祜，为蔡邕外孙。《晋书》本传谓："祜当讨吴贼有功，将进爵土，乞以赐舅子蔡袭。诏封袭关内侯，邑三百户。"因称表亲为"蔡家亲"。

贼平后送人北归

世乱同南去¹，时清独北还²。
他乡生白发，旧国见青山³。
晓月过残垒⁴，繁星宿故关⁵。
寒禽与衰草，处处伴愁颜。

　　司空曙的家乡广平在今河北境内，是安史之乱的首发区。他避难江南，远离家乡，十载犹不得归。"来时万里同为客，今日翻成送故人"（《峡口送友》），友归己留，此情此景，人何以堪！于是忧国之思，怀乡之情，独留之悲，一起涌上心头。前半将自己与友人并举，形成鲜明对比；后半想象劫后残破凄凉景象，"处处伴愁颜"，总离不开一个"愁"字。"他乡生白发，旧国见青山"一联，运用对比手法，写自己滞留异乡之悲与友人返归故乡之喜，情思婉转，饶有神韵，向来传为名句。作者善用颜色对比，而青、白并举，在其诗中尤为频繁，如"青镜流年看发变，白云芳草与心违""人到白云树，鹤沉青草田""白雪高吟际，青霄远望中""青原高见水，白社静逢人""戍旌标白浪，罟网入青葭""厌逐青林客，休吟白雪歌""青圻连白浪，晓日渡南津""白波连雾雨，青壁断兼葭""前登灵境青霄绝，下视人间白日低"，如此之类，比比皆是,其中"他乡生白发"一联,用得最好。但连连读来,难免词复之感,方之大家,终嫌才短。

1　世乱：指安史之乱。

2　时清：时局清平。

3　旧国：故乡。

4　残垒：残余的堡垒。

5　故关：犹古塞。

刘禹锡

蜀先主庙

天地英雄气[1]，千秋尚凛然[2]。
势分三足鼎[3]，业复五铢钱[4]。
得相能开国[5]，生儿不象贤[6]。
凄凉蜀故伎，来舞魏宫前[7]。

此为咏史名篇。前四盛赞刘备以盖世英才创千秋伟业，力成三国鼎足之势，志复汉室一统江山，倾慕之情溢于言表；后四慨叹继不得人，后主不肖，招致亡国之恨，痛惜之意流于笔端。全诗用事不露痕迹，对仗精当工整，句句精拔，字字确切，骨力豪劲，气格遒健，意在言外，垂戒无穷，深得咏庙怀古之三昧。作者通过先主、后主的盛衰对比，深刻地揭示了古今兴亡的历史教训：国之盛衰兴亡，关键在得人。人主圣则国盛国兴，人主昏则国衰国亡。李唐中叶，国力日衰，朝政日昏。刘禹锡参加王叔文集团，立志革新，重振盛唐雄风。但"永贞革新"失败，革新派人士连遭贬黜，刘禹锡在荒远之地度过了二十年的贬谪生活。宪宗末年，"信用非人，不终其业，而身罹不测之祸"（《新唐书·宪宗本纪赞》）。穆宗昏庸无能，在位不久，享年不永。"自是而后，唐衰矣！"贞观、开元之治，已成历史陈迹。治乱兴亡，"在人而已，匪降自天"。刘禹锡要告诉我们的，正是这个发人深省的道理。吊古实含伤今之意，岂徒为咏史者哉！

1　地：一作"下"。英雄：指刘备。《三国志·蜀志·先主传》载曹操谓刘备曰："今天下英雄，唯使君与操耳。"

2　千秋：犹千载。凛然：肃然令人起敬的样子。

3　三足鼎：谓蜀、魏、吴三国鼎立。

4　五铢钱：原注："汉末谣曰：'黄牛白腹，五铢当复。'"汉武帝元狩五年（前118）铸五铢钱，王莽篡汉废止不用，东汉光武帝又从马援奏请重铸，天下称便。公孙述割据四川，自立为帝。"是时，述废铜钱，置铁官钱，百姓货币不行。蜀中童谣言曰：'黄牛白腹，五铢当复。'好事者窃言王莽称'黄'，述自号'白'，五铢钱，汉货也，言天下当并还刘氏"（《后汉书·公孙述传》）。刘备以恢复汉室为己任，故曰"业复五铢钱"。

5　"得相"句：谓刘备有丞相诸葛亮辅佐，君臣相得，开创蜀汉基业。

6　儿：指刘备之子后主刘禅，小字阿斗。象贤：效法先人好榜样。刘禅庸懦无能，偏信小人，不守父业，卒致亡国，故曰"不象贤"。

7　蜀故伎：蜀汉原有的伎乐。魏宫：三国曹魏之宫殿，在洛阳。蜀亡,后主刘禅降魏,举家迁至洛阳,被封为安乐县公。"司马文王(魏太尉司马昭)与禅宴,为之作故蜀技,旁人皆为之感怆,而禅喜笑自若。……他日,王问禅曰:'颇思蜀否?'禅曰:'此间乐,不思蜀。'"(《三国志·蜀志·后主传》裴松之注引《汉晋春秋》)二句悲后主亡国。

张　籍

没蕃故人

前年戍月支[1]，城下没全师[2]。
蕃汉断消息[3]，死生长别离。
无人收废帐[4]，归马识残旗[5]。
欲祭疑君在，天涯哭此时。

　　此诗首联叙事，颔联写不知故人消息，颈联用一组特写镜头，想象全军覆没后的惨景，末联情真意切，诚堪呜咽。潘德舆曰："张文昌《没蕃故人》诗云：'欲祭疑君在，天涯哭此时。'语平淡而意沉痛，可与李华'其存其没'数语并驾。"（《养一斋诗话》卷二）李华《吊古战场文》曰："其存其没，家莫闻知。人或有言，将信将疑。悁悁心目，寝寐见之。布奠倾觞，哭望天涯。"潘德舆盛赞其"委曲深痛，文家真境，万不可移减一字者"（同上）。诗末二句虽从李文化出，但语真情苦，感人至深。全诗不着议论，但字里行间充溢着对没蕃故人和唐军将士的深切同情，而对战争的痛恨和对国事的忧虑亦隐寓其中。

　　1　戍：征伐。一作"伐"。月支：一作"月氏"，古西域城国名，此借指吐蕃。

2　没全师：全军覆没。

3　蕃汉：吐蕃和唐朝。

4　废帐：战后废弃的营帐。

5　残旗：残留的军旗。

白居易

草

离离原上草[1]，一岁一枯荣。
野火烧不尽，春风吹又生。
远芳侵古道[2]，晴翠接荒城[3]。
又送王孙去，萋萋满别情[4]。

——

　　白居易所作五律四百余首，唯此首最为传诵。诗实从"王孙游兮不归，春草生兮萋萋"演化生发而成。诗以比兴手法，表现送别情怀，语极平淡，意却新异。特别是"野火烧不尽，春风吹又生"二句，借咏春草的旺盛生命力，表现了顽强的生活态度，深含哲理，激人奋进，遂成千古名句。田雯曰："刘孝绰妹诗：'落花扫更合，丛兰摘复生。'孟浩然'林花扫更落，径草踏还生'，此联岂出自刘钦？白乐天《咏原上草送客》诗：'野火烧不尽，春风吹又生。'一句之意，分为两句，风致亦自不减。古人作诗，皆有所本，而脱化无穷，非蹈袭也。"（《古欢堂集·杂著》卷三）

——

1　离离：分披繁茂貌。一作"咸阳"。
2　远芳：绵延无际的芳草。

3　晴翠：阳光照耀下的绿草。乐府《饮马长城窟行》："青青河边草,绵绵思远道。"二句化用其意。

4　"又送"二句：《楚辞·招隐士》："王孙游兮不归,春草生兮萋萋。"王孙,此指远行的友人。萋萋,草盛貌。

杜　牧

旅　宿

旅馆无良伴，凝情自悄然[1]。
寒灯思旧事，断雁警愁眠[2]。
远梦归侵晓[3]，家书到隔年。
沧江好烟月[4]，门系钓鱼船。

　　诗写旅居独宿之思乡苦情。头两句，开门见山，"无良伴""自悄然"，正见旅宿之孤独、寂寞、忧愁、感伤；中四句，即细写异乡独宿之苦况，对寒灯之影，听断肠之雁，忆远梦之殷，思家书之切，在在都惹乡愁；而最后两句，以别人门泊渔船，占尽沧江好景，与自己的独在异乡为异客形成鲜明对比，益增思乡之情。

1　凝情：神情专注。悄然：忧愁貌。
2　断雁：失群孤雁。警：惊醒。
3　侵晓：破晓。
4　沧江：一作"湘江"。

许 浑

秋日赴阙题潼关驿楼

红叶晚萧萧[1]，长亭酒一瓢[2]。
残云归太华[3]，疏雨过中条[4]。
树色随关迥[5]，河声入海遥[6]。
帝乡明日到[7]，犹自梦渔樵[8]。

许浑五律多达二百余首，此首最好。吴汝纶曰："高华雄浑，丁卯压卷之作。"（《唐宋诗举要》卷四引）中间两联，写秋雨后潼关四周的景色，残云、疏雨、名山、大河、树色、水声，苍茫雄浑，宛然一幅泼墨山水，而"归""过""随""入"四字，顿使画面活现眼前，产生一种动感，犹如身临其境。喻守真曰："这诗虽是晚唐的诗，但是看他格调，却可直追初盛。中间两联，语气的阔大、声调的铿锵、练字的遒劲、对仗的工稳，处处和盛唐诗不相上下。"（《唐诗三百首详析》）此诗三、四两句，和许浑另一首《秋霁潼关驿亭》三、四句完全相同，一字不差。二诗所写时令、地点、景色又几乎相同，孰先孰后，抑或同时所作，甚或他人之作混入，尚难遽定。

1　红叶：枫叶经秋而色变红。萧萧：风吹树叶声。此句一作"南北断蓬飘"。

2 长亭：古有长亭送别之说。此送魏扶东归，故饮酒饯别。

3 太华：即西岳华山，因其西有少华山，故又称太华，在潼
关西。

4 中条：山名，在今山西永济市东南。山狭而长，西有华山，
东接太行山，此山居中，故曰中条。许浑有《下第归蒲城墅居》
诗，据考此蒲城即蒲州，在今山西永济市西。许浑此次应举，
是由蒲城赴长安，故曰"过中条"。

5 关：指潼关。迥：深远。

6 河：指黄河。

7 帝乡：指长安。

8 梦：有留恋意。渔樵：指隐居山林。末二句，一作"劳歌此
分手，风急马萧萧"。

早　秋

遥夜泛清瑟[1]，西风生翠萝[2]。
残萤栖玉露[3]，早雁拂金河[4]。
高树晓还密，远山晴更多。
淮南一叶下[5]，自觉洞庭波[6]。

　　题为"早秋"，诗则句句扣紧早秋景色着笔。首联，写早秋萧瑟凄清气氛；中二联，则从上下远近各个不同角度描绘早秋之景，俯察仰观，近看远眺，昼夜早晚，目之所见，耳之所闻，全是秋声秋色；末联用典浑成，亦是点早秋，且叶下、波涌，又与首联西风相照应。针线细密，疏朗有致，写景逼真，宛然一幅早秋立体图画。

1　遥夜：长夜。泛：指弹奏。瑟：一种弦乐器。
2　西风：秋风。翠萝：青萝。
3　萤：萤火虫。《礼记·月令》："季夏之月……腐草为萤。"时已早秋，故曰"残"。栖：一作"委"。玉露：白露。
4　金河：即银河。金，一作"银"。
5　淮南一叶：《淮南子·说山训》："见一叶落，而知岁之将暮。"唐人诗据此引申为"一叶落知天下秋"。

6　洞庭波:《楚辞·九歌·湘夫人》:"袅袅兮秋风,洞庭波兮木叶下。"此句一作"自觉老烟波"。

李商隐

蝉

本以高难饱[1]，徒劳恨费声[2]。
五更疏欲断[3]，一树碧无情[4]。
薄宦梗犹泛[5]，故园芜已平[6]。
烦君最相警[7]，我亦举家清[8]。

　　此诗借蝉自况，自叹身世，自抒怀抱。蝉饮露自洁，清高难饱，彻夜悲鸣，至晓力竭声疏，但曲高和寡，知音难寻。蝉虽居高树，但蝉自鸣而树自碧，毫不相干，漠然无情。前四写蝉，是显。而自喻其间，身份自见，是隐；三联写己离乡游宦，漂泊无定，故园已芜胡不归？蝉居高悲鸣是徒费恨声，而己四处求仕，一事无成，岂非徒劳无功？写己身世，是显。而以己比蝉，是隐；末联蝉、我双写，以蝉相警，"亦"字绾合双方，"举家清"遥应"高难饱"，蝉清高如此，己清高又如此，物我皆如此，而我又何悔焉！清操自持，风节凛然。咏物而不黏滞于物，咏物以抒怀，抒怀而又切合于物，物我一体，不落痕迹，此之谓咏物最上乘。

　　1　高难饱：《吴越春秋·夫差内传》："夫秋蝉登高树，饮清露，随风抓挠，长吟悲鸣。"古人误认作蝉饮露充饥，故曰"难饱"。

2　"徒劳"句：谓蝉据高树悲鸣以传恨，但无人同情，只是徒费声音。

3　疏：稀疏。断：间断。

4　树无情：出江淹《江上之山赋》："草自然而千花，树无情而百色。"

5　薄宦：官卑职微。梗泛：谓飘荡不定。《战国策·齐策三》：土偶人谓桃梗曰："今子，东国之桃梗也，刻削子以为人，降雨下，淄水至，流子而去，则子漂漂者将何如耳？"漂漂：一作"泛泛"。梗，树枝，枝条。

6　芜已平：长满荒草。

7　君：指蝉。警：警戒。

8　举家清：家贫如洗。清，兼有清贫、清廉意。

风　雨

凄凉《宝剑篇》¹，羁泊欲穷年²。
黄叶仍风雨³，青楼自管弦⁴。
新知遭薄俗，旧知隔良缘⁵。
心断新丰酒，消愁又几千⁶？

李商隐一生羁旅漂泊，宦海沉浮，不得重用，饱尝世态炎凉。遂借风雨以起兴，抒发抑郁悲愤之情。这种写法是常见的，作者的高超之处是在首尾两联皆用本朝典故，以马周、郭震两人见召重用成为名臣，与自己的怀才不遇、漂泊无归形成强烈的对比。用事寓意深微，贴切自然，既表现了自己不甘沉沦、意欲匡时济世的胸怀，又流露了对唐初开明政治的欣慕之情。

1　《宝剑篇》：一作《古剑篇》。《新唐书·郭震传》：“（武后）与语，奇之，索所为文章，上《宝剑篇》，后览嘉叹。”《古剑篇》诗云：“非直结交游侠子，亦曾亲近英雄人。何言中路遭弃捐，零落飘沦古狱边。虽复尘埋无所用，犹能夜夜气冲天。”诗颇切合商隐凄凉身世，故引以发端，借以自喻。
2　羁泊：羁旅漂泊。穷年：终年，含终生意。
3　“黄叶”句：以黄叶遭风雨摧残，自比身世飘零不幸。

4　青楼：指达官贵人之家。管弦：指歌舞饮宴。

5　新知：新朋友。薄俗：世风浇薄。旧知：一作"旧好"，老朋友。隔良缘：指关系疏远。二句上下互文，谓不论新知旧知，或遭世俗诋毁，或因世事沧桑，关系阻隔，形容自己处境艰难。或谓新知指郑亚等，旧知指令狐绹，太泥。

6　心断：犹绝望。新丰：故址在今陕西临潼东北新丰镇。新丰酒：据《旧唐书·马周传》载：周西游长安，宿于新丰旅舍，店主人慢待他。他"遂命酒一斗八升，悠然独酌，主人深异之"。至长安，唐太宗召见他，与语甚悦，令直门下省，授监察御史。《汉书·东方朔传》："销忧者莫若酒。"销忧：即消愁。又：一作"斗"。曹植《名都篇》："美酒斗十千。"王维《少年行》："新丰美酒斗十千。"谓一斗酒值十千钱。二句暗用马周事，谓己没有马周那样的机缘，只好以酒浇愁。

落 花

高阁客竟去[1]，小园花乱飞[2]。
参差连曲陌[3]，迢递送斜晖[4]。
肠断未忍扫，眼穿仍欲归[5]。
芳心向春尽[6]，所得是沾衣[7]。

　　题是"落花"，故诗句句字字皆贴落花说。花乱飞，象征春将去，惜花即是惜春。乱红遍地，惜花人不禁肠断，故不忍扫去，亦意在留春。但望眼欲穿留春住，春竟留不住，还是归去，惜花之心因春尽而碎，不禁泣下沾衣。作者有《永乐县所居一草一木无非自栽今春悉已芳茂因书即事一章》诗，原来这小园中之一草一木，皆作者自栽，爱惜之意自可想见。今花落春去，自己辛勤"所得"，竟是泪落"沾衣"，情何以堪！钟惺曰："'所得'二字苦甚。"（《唐诗归》）何焯曰："一结无限深情，'得'字意外巧妙。"（《唐宋诗举要》卷四）妙在将咏物与身世之慨绾合一起，隐露心迹。惜花、伤春、悲己，三者浑然一体，哀婉动人，"隐隐有一李商隐在"，真不愧是大手笔。

　　1　高阁：疑指永乐县灵仙阁。作者有《灵仙阁晚眺寄郓州韦

评事》诗,中云:"共誓林泉志,胡为樽俎间。"客去:或指韦、刘
评事一类青云求仕者。客,指离此而去求官者。

2　花乱飞:暮春景象。谓花乱飞,春将尽,故"客竟去"。

3　参差:状落花纷飞貌。曲陌:园中曲径。

4　迢递:遥远。斜晖:斜阳。

5　眼穿:望眼欲穿。归:春归。

6　芳心:惜花之心。

7　沾衣:语义双关,既指花落沾衣,又指见花落而泪流沾衣。

凉　思

客去波平槛[1]，蝉休露满枝[2]。
永怀当此节[3]，倚立自移时[4]。
北斗兼春远[5]，南陵寓使迟[6]。
天涯占梦数[7]，疑误有新知[8]。

　　诗写秋凉怀人之思。纪昀曰："起四句一气涌出，气格殊高。五句在可解不可解间，然其妙可思。"（《李义山诗集辑评》）揣诗意，所怀之人（"客"）当是去京求官，两年不知消息，而托去传信的使者又迟迟不来，故当波平露满之秋凉之夜，怀友之情弥切，遂倚栏遥望北斗，以寄永怀之思。因两地疏隔，音信不通，积想成梦，占梦以卜吉凶，甚至误以为对方另恋新知而将自己忘掉了。全诗直写胸臆而又婉转含蓄，风格疏朗清淡而又感慨深沉。

1　槛：水边栏杆。
2　蝉休：蝉停止鸣唱。
3　永怀：深深怀念。此节：指秋季。
4　移时：历时，经时。
5　北斗：指京城长安，为所怀所在之地。杜甫《秋兴八首》其二:"每依北斗望京华。"兼春:犹兼年、两年。

6 南陵,在今安徽,唐属宣州,即作者所在之地。寓使:指寄信的使者。

7 涯:边。占:占卜。数(shuò):多次。

8 新知:新的相知。

北青萝

残阳西入崦¹，茅屋访孤僧。

落叶人何在，寒云路几层。

独敲初夜磬，闲倚一枝藤²。

世界微尘里³，吾宁爱与憎⁴。

———

诗写暮访孤僧悟禅情事。首联点时、地；颔联写景，萧森幽眇；颈联写人，未见其人，先闻磬声，寻声而探，方见其人。"独敲""一枝"，应前"孤僧"。"闲倚"，写出孤僧悠然出世情态；末联写因访孤僧而悟禅。世界虽大，但以佛法观之，不啻一粒微尘。佛主"无我"，则尘世间一切荣辱得失，皆应漠然视之。既如此，又何必心存爱憎，自寻苦恼呢？如此诗，在李商隐集中绝无仅有，他的一些赠僧道诗，都无这种泯灭爱憎的思想。此当一时愤慨之辞。

———

1 "残阳"句：谓日落西山。崦（yān），山。

2 一枝藤：一根藤杖。

3 世界微尘：佛家语。世界，指宇宙。《楞严经》："何名为众生世界？世为迁流，界为方位。汝今当知，东、西、南、北、东南、西南、东北、西北、上、下为界，过去、未来、现在为世。"又：

"一切因果,世界微尘,因心成体。"世界,喻极大;微尘,喻极小。《法华经》:"譬如有经卷书写三千大千世界事,全在微尘中。时有智人,破彼微尘,出此经卷。"《金刚经》:"若以三千大千世界,碎为微尘。"又《北齐书·樊逊传》对问释、道两教:"法王自在,变化无穷,置世界于微尘,纳须弥于黍米。"

4 宁:岂,难道。

温庭筠

送人东游

荒戍落黄叶[1]，浩然离故关[2]。

高风汉阳渡[3]，初日郢门山[4]。

江上几人在[5]，天涯孤棹还[6]。

何当重相见[7]，樽酒慰离颜。

———

这是一首秋日送别诗，但不悲秋，不作苦语，格调雄俊健拔。"高风汉阳渡，初日郢门山"二句，意境辽阔雄奇，与脍炙人口的"鸡声茅店月，人迹板桥霜"（《商山早行》），可说有异曲同工之妙。

———

1　荒戍：荒废的营垒。黄叶：点明季节是秋天。

2　浩然：无所留恋貌，有一去不返、义无反顾意。故关：犹古塞。

3　高风：秋风。汉阳渡：在今湖北武汉市。汉，指汉水，长江支流。水北为阳。渡，渡口。

4　郢门山：即荆门山，在今湖北宜昌东南长江南岸。以上二句因平仄关系而倒装，由荆门山乘船顺流而下汉阳渡，方是东归。

5　几人：犹言谁人。

6　孤棹：即孤舟。

7　何当：何时。

马　戴

灞上秋居

灞原风雨定[1]，晚见雁行频。
落叶他乡树[2]，寒灯独夜人。
空园白露滴，孤壁野僧邻。
寄卧郊扉久[3]，何年致此身[4]。

　　俞陛云说此诗甚细，照录如下："此诗纯写闭门寥落之感。首句即言灞原风雨，秋气可悲，迨雨过而见雁行不断。唯其无聊，久望长天，故雁飞频见，明人诗所谓'不是关山万里客，那识此声能断肠'也；三、四言落叶而在他乡，寒灯而在独夜，愈见凄寂之况，与'乱山残雪夜，孤烛异乡人'之句相似。凡用两层夹写法，则气厚而力透，不仅用之写客感也；五句言露滴似闻微响，以见其园之空寂；六句言为邻仅有'野僧'，以见其壁之孤峙；末句言士不遇本意，叹期望之虚悬，岂诗人例合穷耶？"（《诗境浅说》甲编）

1　灞原：即灞上，指白鹿原。

2　他乡：异乡。

3　郊扉：郊外寓居。灞上在长安东郊，故云。

4　致身：犹出仕。

楚江怀古

露气寒光集，微阳下楚丘[1]。
猿啼洞庭树，人在木兰舟[2]。
广泽生明月[3]，苍山夹乱流。
云中君不见[4]，竟夕自悲秋[5]。

　　楚江怀古，怀屈原也。屈原以忠直被放，其自沉处即在洞庭湖边。这组诗的第三首，有"屈宋魂冥寞，江山思寂寥"两句，即是"怀古"的注脚。作者以正直被斥，贬龙阳尉，其遭遇与屈原有相似之处。今秋暮舟经洞庭，残阳落山，余辉返照，蒸腾的水雾闪着寒光，诗人身处八百里洞庭烟波浩渺中之一叶孤舟，耳听哀猿悲啼，乱流急响，眼望明月渐升，苍山转翠，真有难以言传的悲凉落寞之感。结句"竟夕自悲秋"，"自"字下得凄婉，令人不禁涕落。这种前不见古人、后不见来者的孤独，在"吴楚东南坼，乾坤日夜浮"的秋夜洞庭之中，更显得孤独。所以诗人在第三首末联云："欲折寒芳荐，明神讵可招？"他要为引为同调的屈原招魂，招来伴己孤独！

1　楚丘：楚地之山。
2　人：作者自谓。木兰舟：用木兰木制成的船。《述异记》卷

下 :"木兰洲在浔阳江中,多木兰树。……七里洲中,有鲁般刻木兰为舟,舟至今在洲。诗家云木兰舟出于此。"

3 广泽 :指洞庭湖。

4 云中君 :楚人所祀之云神,屈原《九歌》有《云中君》一篇,此借指屈原。见 :一作"降"。

5 竟夕 :终夕,彻夜

张　乔

书边事

调角断清秋¹，征人倚戍楼²。
春风对青冢³，白日落《梁州》⁴。
大漠无兵阻，穷边有客游⁵。
蕃情似此水，长愿向南流⁶。

————

　　作者通过对西北边境一时和平景象的描写，表达了人民希望民族团结、国家统一和永远友好相处的美好愿望。首联写边境无战事。以往秋高马肥时节，正是边境多事之秋。而今却吹角声断，寇警不闻，戍边战士闲倚戍楼，真是悠闲自得。"倚"字传神；中二联进一层写一片和平景象；颔联用昭君和亲、匈奴归汉和西凉献《梁州曲》的史实，说明唐复陇右故地的大好形势；颈联言正因边境和平安定，才有客游穷边的自由往来；末联谓西北少数民族人民的心就像河水东南流一样，是愿意归附唐朝的。诗以美好祝愿作结，寓意深长。作者的这种意愿在其他诗中也有表露。如《北山书事》云："黄河一曲山，天半锁重关。圣日雄藩静，秋风老将闲。"只是没有这首诗写得格高意深罢了。俞陛云曰："此诗高视阔步而出，一气直书，而仍有顿挫，亦高格之一也。"(《诗境浅说》甲编)

1 调角：即吹角。角为古代军中乐器。断：中止，即不吹。

2 征人：戍守战士。戍楼：戍守的岗楼。

3 青冢：指王昭君墓。汉元帝竟宁元年（前38），王昭君远嫁匈奴呼韩邪单于和亲，死葬于此。相传墓上草色独青，故曰"青冢"，在今内蒙古呼和浩特市南九公里大黑河南岸。

4 《梁州》：乐曲名，亦作《凉州》。《乐府诗集·近代曲辞一·凉州》引《乐苑》曰："《凉州》，宫调曲。开元中，西凉府都督郭知运进。"又引《乐府杂录》曰："《梁州曲》本在正宫调中，有大遍小遍。至贞元初，康昆仑翻入琵琶玉宸宫调，初进曲在玉宸殿，故有此名。"

5 穷边：极边远之地。

6 蕃情：吐蕃人民的心愿。蕃，指吐蕃。此水：不确指。我国西北地势高，河水多向东南流。

崔 涂

除夜有怀

> 迢递三巴路[1]，羁危万里身[2]。
> 乱山残雪夜，孤烛异乡人[3]。
> 渐与骨肉远，转于僮仆亲[4]。
> 那堪正飘泊[5]，明日岁华新[6]。

　　此诗说尽羁旅漂泊苦情苦境。首联极言入蜀孤行之艰险遥远；颔联写除夜孤景，乱山残雪之夜，漂泊异乡之人独对孤烛摇曳，其景凄凉，其情凄恻，可与"雨中黄叶树，灯下白头人"（司空曙《喜外弟卢纶见宿》、"落叶他乡树，寒灯独夜人"（马戴《灞上秋居》）、"一年将尽夜，万里未归人"（戴叔伦《除夜宿石头驿》）相媲美；颈联写羁旅孤情，离家日久，亲人远隔，反与童仆为亲，虽袭用王维诗意，但以"骨肉"与"僮仆"相对，益觉酸辛；末联点题，抒天涯孤感，除夕本应团聚，今反漂泊异乡，此人此夜，情何以堪！

1　迢递：遥远邈。三巴：指巴郡、巴东、巴西，今属重庆市。
2　羁危：在艰险中羁旅漂泊。
3　"烛"：一作"独"。人：一作"春"。

4　转于:反与。僮仆:随行小奴。二句语本王维《宿郑州》:"他乡绝俦侣,孤客亲僮仆。"

5　飘:一作"漂"。

6　明日:指新年元日。岁华:岁月,年华。

孤　雁

几行归塞尽[1]，念尔独何之[2]？
暮雨相呼失[3]，寒塘欲下迟。
渚云低暗度[4]，关月冷相随[5]。
未必逢矰缴[6]，孤飞自可疑。

—

诗借孤雁以自喻，通篇突出一个"孤"字，寄寓了作者孤凄忧惧的羁旅之情。首联写失群。雁群尽归塞北，独孤雁离群不知所往；中二联想象孤雁失群独飞的种种苦况，暮雨、寒塘、失、迟、低、冷，写尽孤雁形单影只、凄凉寂寞、惊惧胆怯情状；末联写作者对孤雁命运的关切，担心途中遭人暗算。全诗虽句句写孤雁，但隐然有一作者在。"念尔""未必"，都是从作者身份立言。作者、孤雁，可谓同病相怜。

—

1　行（háng）：雁行。塞：边塞，指塞北。

2　念尔：一作"片影"。尔，指孤雁。何之：飞往何处。

3　失：失群。

4　渚云：沼泽洼地上空的云。

5　关月：边关之月。

6　矰（zēng）：短箭。缴（zhuó）：系箭的丝绳。

杜荀鹤

春宫怨

早被婵娟误¹，欲妆临镜慵²。
承恩不在貌³，教妾若为容⁴。
风暖鸟声碎，日高花影重。
年年越溪女，相忆采芙蓉⁵。

　　此是宫怨诗，但通篇不着一"怨"字，却句句是怨。宫女原是以貌美被选入宫的，但现在却被美貌所误，以致懒得打扮了。首联"误"字、"慵"字已深露怨意。而"早"字说明入宫已久，深闭宫中，年长色衰，徒误青春，积怨深矣。可见一字不轻下；颔联点明被误原因，貌美入宫，但今"承恩不在貌"，何以承恩？言外之意，发人深思。既不在貌，又教妾如何打扮呢？何以邀宠？自非善良正直者所能办到。怨更进一层；颈联宕开一笔，不写人而写景，而妙在绘景，意在写人。暖风骀荡，丽日高照，鸟鸣啾啾，纵情欢唱，繁花似锦，蓓蕾竞放，春意盎然，一派生机。以幽闭深宫之人，耳闻目睹如此大好春光，真如杜丽娘游园惊梦一般，"原来姹紫嫣红开遍，似这般都付与断井颓垣"（《牡丹亭》）。此情此景，岂是一个"慵"字所能包括得了的。以乐景写哀，倍增其哀，真是怨至极矣！前人云："杜荀鹤诗,鄙俚近俗,惟《宫词》(即《春宫怨》)为唐第一。……故谚云:'杜诗三百首,惟在一联中。''风暖鸟声碎,日高花影重'是也。"(《苕溪渔隐丛话·前集》卷二十三引《幕府燕闲录》)意在斯乎?末联由颈联的自然之景,引渡到越溪的自由天地,用西施的故事影射宫女入宫前后的命运,以往日的自由欢乐反衬今日的孤寂愁苦,使人更加同情宫女的遭遇。作者用西施事,撇去浣纱这一情节,而采用芙蓉这一意象,寓意很深。芙蓉就是宫女的象征,昔日这朵含苞欲放的芙蓉花,今日怎样?"相忆"字妙。忆,往也;今,不堪回首矣。但细审诗意,似不只是代宫女写怨。"承恩不在貌",这在压抑和扼杀人才的传统社会,具有普遍而典型的意义,足以使一切正直的怀才不遇者读后感泣。故黄生曰:"此感士不遇之作也。"(《唐诗摘抄》)周咏棠曰:"点破世情,鬼当夜哭。"(《唐贤小三昧续集》)

1　婵娟:姿容美好貌。误:贻误,耽误。

2　妆:梳妆打扮。慵:懒。

3　承恩:指受君王宠幸。

4　若为容:怎样打扮。

5　芙蓉:荷花。

韦　庄

章台夜思

清瑟怨遥夜¹，绕弦风雨哀。
孤灯闻楚角²，残月下章台。
芳草已云暮³，故人殊未来⁴。
乡书不可寄，秋雁又南回⁵。

——

　　这是一首秋夜思乡诗，上四写秋夜之所见所闻，怨、哀、孤、残四字，写尽秋夜寄居异乡的孤独、寂寞与凄苦；下四写秋思，"韶华已逝可思，故人不来可思，乡书难寄可思。一个'思'字分做三层写出，那么客思的无聊，即可想见；结句点出时节是秋，尤其可思"（喻守真《唐诗三百首详析》）。故俞陛云评曰："此诗之佳处，前半在神韵悠长，后半在笔势老健。"（《诗境浅说》甲编）

——

1　清瑟：凄清的瑟音。瑟，一种弦乐器。遥夜：长夜。
2　楚角：楚地的角声。
3　云：语助词，无义。芳草已暮：喻指年华已逝。暮，晚，迟，此有衰意。
4　故人：指夜思之人。殊：犹，还。

5　乡书：家书。古有鸿雁传书的说法，韦庄家在长安，秋雁南回而不北飞，故曰"不可寄"。

僧皎然

寻陆鸿渐不遇

移家虽带郭[1]，野径入桑麻。
近种篱边菊，秋来未著花[2]。
扣门无犬吠[3]，欲去问西家。
报道山中去[4]，归来每日斜[5]。

　　唐诗写寻人不遇者甚多，此篇可为佼佼者。全诗紧扣题目，前四句写"寻"，后四句写"不遇"。此诗有两个特点：一是平仄合律，但全不讲对仗，所谓"通体俱散"。唐人五律有此一格，如李白《夜泊牛渚怀古》、孟浩然《晚泊浔阳望庐山》，即为显例。二是寻陆鸿渐虽未遇，但通过环境景物的描写，其人情趣个性，可以想见，高人逸士的形象，呼之欲出。俞陛云曰："此诗之潇洒出尘，有在章句外者，非务为高调也。"（《诗境浅说》甲编）

1　带郭：谓家离城不远，犹言近郊。
2　未著花：未开花。
3　扣门：即叩门。犬吠：狗叫。
4　报道：回答说。
5　每：常。末句一作"归来日每斜"。

七言律诗

崔　颢

黄鹤楼

昔人已乘黄鹤去[1]，此地空余黄鹤楼[2]。
黄鹤一去不复返，白云千载空悠悠。
晴川历历汉阳树[3]，芳草萋萋鹦鹉洲[4]。
日暮乡关何处是[5]？烟波江上使人愁。

此诗为千古传诵名篇。严羽曰："唐人七言律诗，当以崔颢《黄鹤楼》为第一。"（《沧浪诗话·诗评》）吴昌祺更进而誉为："不古不律，亦古亦律，千秋绝唱，何独李唐？"（《删订唐诗解》）诗以古体行律，气格超然，不为律缚，不拘对偶，纯以韵胜。前四借黄鹤楼发思古之幽情，后四即景寓情以抒怀乡之思，意得象先，神行语外，纵笔挥洒，一气流转，雄浑苍茫，毫不衰飒，全然盛唐气象。传说李白登黄鹤楼，见崔颢诗而慨叹曰："眼前有景道不得，崔颢题诗在上头。"遂"无作而去，为

哲匠敛手云"(《唐才子传》卷一)。其实崔诗亦有所自。高步
瀛曰："此诗格律出自沈云卿《龙池篇》,前四句曰:'龙池跃
龙龙已飞,龙德先天天不违。池开天汉分黄道,龙向天门入紫
微。'李太白亦效之。《鹦鹉洲》曰:'鹦鹉东过吴江水,江上
洲传鹦鹉名。鹦鹉西飞陇山去,芳洲之树何青青?'《登金陵
凤凰台》则括为二句耳。"(《唐宋诗举要》卷五) 虽有模仿,但
同为好诗,不妨并传。

1　昔人:指传说中乘黄鹤的仙人。黄鹤:一作"白云"。

2　此:一作"兹"。余:一作"遗"。

3　晴川:指长江。历历:分明可数貌。汉阳:黄鹤楼在武昌,
　　与汉阳隔江相对。树:一作"戍"。

4　萋萋:草盛貌。鹦鹉洲:原在武昌城外长江中,相传因东汉
　　末年祢衡在此赋《鹦鹉赋》而得名,后渐湮没。今汉阳拦江堤
　　外的鹦鹉洲,系清乾隆年间新淤的一洲,原名补得洲,嘉庆间
　　改今名,已非原址。

5　乡关:故乡。是:一作"在"。

行经华阴

岩峣太华俯咸京¹，天外三峰削不成²。
武帝祠前云欲散³，仙人掌上雨初晴⁴。
河山北枕秦关险，驿路西连汉畤平⁵。
借问路旁名利客⁶，何如此地学长生⁷？

此诗前六句，写雨后华山雄奇壮观景象，虚实相生，远近结合，古今并举，气势雄浑宏阔，寓含沧桑之感。写华山，处处不离帝都长安，武帝祠、仙人掌、秦关、汉畤，皆为帝都附近景物，古今兴废尽在其中。末联即景寄慨，看似突兀，妙在暗合。秦皇、汉武，你争我夺，皆为名利。盛衰兴亡，朝代更迭，莫非名利。古今名利客，都是天地间的匆匆过客，唯有华岳高耸天外，俯视帝都，亘古不变，屹然长存。结句"何如此地学长生"，感慨深沉，含意不尽。

1　岩（tiáo）峣（yáo）：山势高峻貌。太华：即华山，在华阴市南八里。咸京：秦都咸阳，在唐长安西四十里。此代指长安。

2　三峰：指华山的南峰（落雁峰）、东峰（朝阳峰）、西峰（莲花峰）。天外：形容三峰高耸。削不成：则谓非人工所能为。

3　武帝祠：即汉武帝所建巨灵祠，在朝阳峰东北石楼峰，东壁有石髓凝结,黄白相间,歧出如指掌,故称仙掌崖。神话传说,有河神巨灵,左手托起华山,右足蹬去中条山,给黄河劈出一条入海的河道,排出洪水,拯救了万民。

4　仙人掌:即巨灵推山时留下的手印。

5　秦关:指潼关、函谷关。汉畤(zhì):指汉五帝畤,即鄜畤、密畤、吴阳上畤、吴阳下畤、北畤,地在今陕西凤翔县南。畤,古代祭天地五帝之处。二句为"北枕河山秦关险,西连驿路汉畤平"的倒文,极写华山地位的险要。

6　名利客:指汲汲于追求功名利禄的人。

7　何如:哪赶上。学长生:指求仙学道。

祖　咏

望蓟门

燕台一去客心惊[1]，笳鼓喧喧汉将营[2]。
万里寒光生积雪，三边曙色动危旌[3]。
沙场烽火侵胡月[4]，海畔云山拥蓟城。
少小虽非投笔吏[5]，论功还欲请长缨[6]。

祖咏七律，仅此一篇。诗前六句，极写蓟北形势之险，紧扣一个"望"字，而以首句"惊"字通摄全篇。汉将营中，吹笳击鼓，军容盛壮，万里积雪，寒光闪烁，军旗高悬，曙光映照，烽火侵月，云山拥城。三边海畔，雪光、月光、火光相映；笳声、风声、涛声相汇，景象壮阔，惊心动魄。这全是望中所见，耳中所闻。末联即景生情，写望后所感，抒请缨报国之壮志。全诗调高语壮，雄健遒俊，自是盛唐正声。

1　燕台：即战国时燕昭王为招揽天下贤士所筑之黄金台，故址在今河北易县东南。客：作者自称。

2　笳鼓：指军乐。笳，一作"箫"。汉将营：即指唐军营。

3　三边：指幽、并、凉三州，后泛指边塞之地。危旌：高悬的旗帜。

4　胡月：胡地之月。蓟门为边防要塞,北邻奚、契丹等胡人,时有战争,故曰"沙场烽火侵胡月"。侵：一作"连"。

5　投笔：用汉班超投笔从戎、立功西域封侯事。

6　请长缨：用汉终军自请长缨使南越王举国内属事。

崔　曙

九日登望仙台呈刘明府

汉文皇帝有高台，此日登临曙色开。
三晋云山皆北向[1]，二陵风雨自东来[2]。
关门令尹谁能识[3]？河上仙翁去不回[4]。
且欲近寻彭泽宰，陶然共醉菊花杯[5]。

　　沈德潜评此诗曰："一气转合，就题有法。"（《唐诗别裁
集》卷十三）所谓"就题有法"，就是全诗紧扣题目，句句点题，
错落有致，情韵盎然。首句点"台"字，次句点"登"字，交代
望仙台的来历和九日登临情事；三、四句点"望"字，写得上下
古今，意境开阔；五、六句点"仙"字，写关令尹和河上公，都
关老子事，切题切地，寸步不离；七、八点"刘明府"，妙在以刘
明府比陶彭泽，而事事皆就陶渊明说。因古有九日登高赏菊、
饮菊花酒的风俗，故点题中"九日"而及菊，因菊花又及渊
明，用典贴切，称颂得体，彼我双收，一字不漏。通首浑圆，风
韵潇洒。

　　1　三晋：战国时，魏、韩、赵三家分晋，史称三晋。在今山西、
河南中部和北部、河北南部和中部一带。陕县，战国时属魏，

后属韩,故曰"三晋云山"。

2　二陵:《左传·僖公三十二年》:"殽有二陵焉,其南陵,夏后皋之墓也;其北陵,文王之所避风雨也。"崤山在望仙台东,故曰"风雨自东来"。

3　关:指函谷关,在陕州灵宝市(今属河南)。令尹:即尹喜,为函谷关令。

4　河上仙翁:指河上公。

5　彭泽宰:指陶渊明,曾为彭泽县令,此代指刘明府。陶然:酣畅貌。菊花杯:萧统《陶渊明传》:渊明辞彭泽令归隐,江州刺史王弘礼待之,常与共饮。"尝九月九日出宅边菊丛中坐,久之,满手把菊,忽值弘送酒至,即便就酌,醉而归"。二句谓九日欲寻刘明府赏菊共饮。

李颀

送魏万之京

朝闻游子唱离歌[1]，昨夜微霜初度河。

鸿雁不堪愁里听，云山况是客中过。

关城曙色催寒近[2]，御苑砧声向晚多[3]。

莫是长安行乐处[4]，空令岁月易蹉跎[5]。

———

诗写送别，错落有致，饶有情趣。首联倒装，言魏万昨夜渡河初来，今晨即匆匆离去，微霜凝寒，离歌含恨，情意缠绵；中二联情景交融，写客中苦况。鸿雁南飞，彼却北上，雁声哀不堪闻；云山漫漫，独自跋涉，客中寂寞尤不堪受。曙色催寒，砧声晚急，雁南归而游子不返，益增羁愁乡思；末联以勿耽于行乐相戒，以立身立名相勉，语重心长，情深谊厚。全诗或因情而及景，或因景而生情，将叙事、写景、抒情三者交汇相融，使其皆切客中情事，不愧大家手笔。故胡应麟誉为"盛唐脍炙佳作"（《诗薮·内编》卷五）。

———

1　游子：指魏万。离歌：离别之歌。一作"骊歌"，即《骊驹》之歌。

2　关城：当指潼关。曙：一作"树"。

3　御苑：皇家苑囿，此代指长安。砧声：捣衣声。向晚：傍晚。

4　是：一作"见"。

5　蹉跎：虚度。

李　白

登金陵凤凰台

凤凰台上凤凰游，凤去台空江自流[1]。
吴宫花草埋幽径[2]，晋代衣冠成古丘[3]。
三山半落青天外[4]，二水中分白鹭洲[5]。
总为浮云能蔽日[6]，长安不见使人愁[7]。

此诗作于李白被排挤离开长安不久，抑郁悲愤之情，借登临怀古而发之，感时伤世，深寓沧桑之感、忧国之怀。金陵为六朝古都，一时繁华，曾演出一幕幕兴亡悲喜剧。而今登临，凤去台空，繁华顿歇，吴宫花草，晋代衣冠，六朝金粉，都随浩浩长江东流而去。这种深沉的历史感慨，在李白游金陵所作的诗中曾反复咏叹过。所用词汇与此诗多有雷同，意境亦颇相似，这都说明李白的登临怀古并不是一时兴到，单纯地发思古之幽情，而是以一种严肃而深沉的历史眼光观察六朝的盛衰兴亡，总结供现实借鉴的历史教训。鉴古而知今。诗的最后二句："总为浮云能蔽日，长安不见使人愁。"可谓画龙点睛，道出了作者登台怀古的主旨。李白之愁，绝不是狭隘的个人之愁。他是怀着一种焦虑而沉重的心情，借登临所见之景，抒发了一种难以排遣的忧国伤时之深愁巨痛。前人往往撇开诗歌所表现的具体思想内涵,而仅就遣词用字、格律作法等枝节问题,将此诗与崔颢的《黄鹤楼》诗简单比附,妄加轩轾,或抑李扬崔,或抑崔扬李,褒贬从己,聚讼纷纭,莫衷一是,几成一大历史公案。平心而论,李白此诗确受崔诗影响,模拟之迹显而易见,但因而有革,拟而有创,非蹈袭崔作,而是出以新意。崔登楼以寄怀乡之思,李登台以抒忧国之怀,各具特色,同臻妙境,并为绝唱,何必扬此抑彼耶!

1　江:指长江。

2　吴宫:三国时孙吴政权曾建都金陵(时称建业),大治宫室。幽径:幽僻荒凉的小路,

3　晋代:指东晋,亦建都金陵(时称建康)。衣冠:指掌权的豪门世族,如王、谢大族。古丘:古坟。

4　三山:在今南京西南板桥镇长江边,山有三峰,南北相接,故曰"三山"。

5　白鹭洲:原在金陵城西大江中,因洲多白鹭而得名。今已湮没,遗址在今南京江东门附近。

6　浮云蔽日:喻奸邪当道,或谓"日"比玄宗。

7　长安:朝廷所在。

高　适

送李少府贬峡中王少府贬长沙

嗟君此别意何如[1]，驻马衔杯问谪居[2]。

巫峡啼猿数行泪[3]，衡阳归雁几封书[4]。

青枫江上秋帆远[5]，白帝城边古木疏[6]。

圣代即今多雨露[7]，暂时分手莫踟蹰[8]。

作者时贬太子少詹事，又送友人贬官赴边远之地，同病相怜，故写来情深谊挚，频致慰问之意。通体清老，于工整中寓错综变化，终不显衰飒。盛传敏曰："中联以二人谪地分说，恰好切潭峡事，极工确，且就中便含别思，末复收拾以应首句，然首句便已含蓄。"（《碛砂唐诗纂释》卷二）但亦有人议其中二联连用四地名，四句一意，不免缺憾。而吴汝纶极赞此诗"一气舒卷，复极高华朗曜，盛唐诗极盛之作"（《唐宋诗举要》卷五）。

1　意何如：情何如。何如，一作"如何"。

2　衔杯：这里指饮酒饯别。问：慰问。谪居：贬官外任。

3　巫峡：长江三峡之一，此指李少府贬地。

4　衡阳：今属湖南，在长沙南，此就王少府贬地说。衡阳县南有回雁峰,传说雁南飞不过此峰,遇春而回。或谓峰势如雁回旋。书:指书信。用苏武雁足传书事。

5　青枫江:指清枫浦一带之浏水,即浏阳河。

6　白帝城:在夔州(今重庆奉节)白帝山上,扼三峡西口,即瞿塘峡口。

7　圣代:即圣世。雨露:喻皇帝恩泽。

8　踟蹰:犹豫不前,指不忍离别。

岑　参

和贾至舍人早朝大明宫之作

鸡鸣紫陌曙光寒[1]，莺啭皇州春色阑[2]。
金阙晓钟开万户[3]，玉阶仙仗拥千官[4]。
花迎剑佩星初落[5]，柳拂旌旗露未干。
独有凤凰池上客[6]，《阳春》一曲和皆难[7]。

　　贾至首唱，王维、杜甫、岑参相继奉和，诚为一时盛事。四诗为台阁诗之典范作品，甚为后世称道，但对四诗优劣，却评说不一，多以岑诗为第一；或谓岑、王不相上下，贾则雁行，杜当退舍；或谓王诗第一，岑诗第二，贾作平平，杜诗不论可也；或以贾、王、岑、杜为次；更有推杜第一，谓："有比有兴，六义具涵，杜真诗圣，三子咸当北面。"（施闰章《蠖斋诗话》引《紫桃轩杂缀》）虽聚讼纷纭，见仁见智，难以定论。但平心而论，岑作为高。《蠖斋诗话》引毛大可（奇龄）曰："酬和诗不易作，如老杜一代诗豪，其和王维、岑参诗皆逊。《和贾至早朝》'春色仙桃'，语既近俗，即'日暖龙蛇''风微燕雀'，并非早朝时所见，五、六遽言朝罢，殊少次第，故当远让王、岑。然王作气象压岑，而'衣'字犯重，末又微拗；推岑作独步矣。"此书选了岑、王和诗，对二诗优劣，胡应麟析之甚细，录供参考："细校王、岑二作,岑通章八句,皆精工整密,字字天成。颈联绚烂鲜明,早朝意宛然在目。独额联虽绝壮丽,而气势迫蹙,遂至全篇音韵微乖,不尔,当为唐七言律冠矣。王起语意偏,不若岑之大体;结语思窘,不若岑之自然。颈联甚活,终未若岑之骈切。独额联高华博大,而冠冕和平,前后映带,遂令全首改色,称最当时。大概二诗力量相等,岑以格胜,王以调胜,岑以篇胜,王以句胜;岑极精严缜匝,王较宽裕悠扬。"(《诗薮·内篇》卷五)

为便于比较,特将贾至原作与杜甫和诗附录于后(王维和作见下诗):

贾至《早朝大明宫呈两省僚友》:

银烛熏天紫陌长,禁城春色晓苍苍。千条弱柳垂青琐,百啭流莺绕建章。剑佩声随玉墀步,衣冠身惹御炉香。共沐恩波凤池上,朝朝染翰侍君王。

杜甫《奉和贾至舍人早朝大明宫》:

五夜漏声催晓箭,九重春色醉仙桃。旌旗日暖龙蛇动,宫殿风微燕雀高。朝罢香烟携满袖,诗成珠玉在挥毫。欲知世掌丝纶美,池上于今有凤毛。

1　紫陌:指帝都长安的街道,因帝王宫禁称紫宫、紫庭、紫垣,故云。

2 啭：鸣声婉转。皇州：帝都，指长安。阑：尽，晚，时为暮春，故曰"春色阑"。

3 金阙：天子宫阙。万户：指宫殿门户之多。

4 玉阶：宫殿台阶。仙仗：天子仪仗。千官：指早朝众官。

5 佩：指系在剑绶上的饰物。星初落：谓天刚亮。

6 凤凰池：亦称凤池，指中书省。客：指贾至。至为中书舍人，属中书省，故云"凤凰池上客"。

7 《阳春》一曲：誉贾至原诗堪称绝唱，曲高和寡，故云"和皆难"。《阳春》，高雅曲名。

王　维

和贾至舍人早朝大明宫之作

绛帻鸡人报晓筹[1]，尚衣方进翠云裘[2]。
九天阊阖开宫殿[3]，万国衣冠拜冕旒[4]。
日色才临仙掌动[5]，香烟欲傍衮龙浮[6]。
朝罢须裁五色诏，佩声归到凤池头[7]。

　　此诗描写了早朝的全过程，前六句尽是早朝景事，末二句
称美贾至，切人切事，奉和得体。顾璘谓其"气象阔大，音律
雄浑，句法典重，用字新清，无所不备故也。或犹未全美，以用
衣服字太多耳"（《批点唐音》）。仇兆鳌亦云："此诗阊阖、宫
殿，衣冠、冕旒，句中字面复见，杜诗有云：'阊阖开黄道，衣冠
拜紫宸。'却无此病矣。"（《杜诗详注》卷五）所评皆确。余
详岑诗评析。

1　绛帻(zé)：大红头巾，汉代宿卫士所着冠饰。鸡人：古掌
报晓之官。晓筹：即更签，亦称更筹，夜间报更的竹签。此句
谓戴朱冠的宫中卫士大呼报时，以警百官早朝。
2　尚衣：唐殿中省有尚衣局，设尚衣奉御二人，"掌供天子衣
服，详其制度，辨其名数，而供其进御"（《唐六典》卷十一）。

翠云裘：翠羽编织成云纹的皮衣。

3   九天：此指天子所居。阊阖：本指天门，此指宫门。

4   万国衣冠：指各国派来朝见的使臣。冕旒：以天子所戴冠冕代指天子。

5   仙掌：即掌扇，亦称障扇，宫中的一种仪仗。

6   衮龙：指天子龙袍。

7   五色诏：即天子诏书。凤池：指中书省。二句归美贾至，谓早朝结束，作为中书舍人的贾至，即须裁好五色纸，准备回到中书省去起草诏书。

奉和圣制从蓬莱向兴庆阁道
中留春雨中春望之作应制

渭水自萦秦塞曲[1]，黄山旧绕汉宫斜[2]。
銮舆迥出千门柳[3]，阁道回看上苑花[4]。
云里帝城双凤阙[5]，雨中春树万人家[6]。
为乘阳气行时令[6]，不是宸游玩物华[7]。

这是一首应制诗。沈德潜曰："应制诗应以此篇为第一。"（《唐诗别裁集》卷十三）首二句总写帝都形胜，先以山川将长安宫阙大势定其方位，是从外景写题中"望"字；三、四贴题中"从蓬莱向兴庆阁道"写"望"字；五、六切雨中写"春望"；末二句应"奉和应制"作结。沈德潜曰："结意寓规于颂，臣子立言，方为得体。"（同上）全诗章法严密，高华富丽，诗传画意，气象宏阔，堪为应制绝作。

1　渭水：即渭河，流经长安皇城北。萦：缠绕。秦塞：犹言秦地。塞，一作"甸"。

2　黄山：即黄山宫，汉惠帝二年建造，在兴平市（今属陕西）西南三十里的黄麓山上，汉武帝微行尝至此。

3　銮舆：皇帝的车驾。迥出：远出。千门：一作"仙门"。

4　回看：一作"遥看"。上苑：泛指皇家园林。

5　帝城：指长安。双凤阙：汉代建章宫有凤凰阙，此泛指长安宫阙。

6　阳气：春气。时令：节令。

7　宸游：指皇帝巡游。玩：一作"重"。物华：美好的景物。

积雨辋川庄作

积雨空林烟火迟，蒸藜炊黍饷东菑[1]。
漠漠水田飞白鹭[2]，阴阴夏木啭黄鹂[3]。
山中习静观朝槿[4]，松下清斋折露葵[5]。
野老与人争席罢[6]，海鸥何事更相疑[7]。

此诗意在描写积雨后的辋川秋郊景物，抒发自己隐居后对人生的感悟和修禅养性的闲适情趣，表露了对人世浮嚣和宦海风波的厌恶。全诗绘景如画，情寓景中，用典无痕，富有理趣，意境清空淡泊。颔联善用叠字，尤为人所激赏。方东树曰："三四写景极活现，万古不磨之句。"（《昭昧詹言》卷十六）

1 藜：又名莱，一年生草本植物，新叶嫩苗可食。黍：黄米。饷：送饭。菑（zī）：开垦一年的田地。句谓给在东边田里劳作的人送饭菜去。

2 漠漠：广阔无际貌。白鹭：水鸟名。

3 阴阴：树木苍翠茂密貌。啭：鸣声婉转。黄鹂：即黄莺。

4 习静：静修。王维笃信佛教，此指修禅。观：此指参悟禅理。朝（zhāo）槿（jǐn）：木槿，夏秋之交开花，朝开暮落，故称朝槿。观朝槿而悟世事之无常。

5　清斋:吃素。露葵:带露的葵菜,可以食用。

6　野老:作者自称。争席罢:谓自己已大彻大悟,与世无争。

争席,争座位。

7　海鸥:《列子·黄帝》载:有人住海边,日与海鸥游,和睦相

处。其父知道后,让他将海鸥捉来玩。第二天他再到海边,海

鸥就躲着他不再飞下来了。此喻人无机心,方能和乐相处。

赠郭给事

洞门高阁霭余晖[1]，桃李阴阴柳絮飞。
禁里疏钟官舍晚[2]，省中啼鸟吏人稀[3]。
晨摇玉佩趋金殿[4]，夕奉天书拜琐闱[5]。
强欲从君无那老[6]，将因卧病解朝衣[7]。

　　这是一首应酬诗。前二联写宫中暮春晚景；颈联称美郭给事忠于职守，勤于王事；末联谓己老病不堪吏职，意欲弃官归隐。诗写得清腴有味，高致淡远。

1　洞门：谓宫门重叠，门门相对。霭：云气凝聚。余晖：夕阳。

2　禁里：宫禁之中。官舍：指门下省办公处所。

3　省：指门下省。

4　"晨摇"句：谓入宫早朝。

5　天书：皇帝诏书。琐闱：有雕饰的宫门。句谓退朝宣达诏书。

6　君：指郭给事。无那：无奈。

7　解朝衣：辞官归隐。

杜　甫

蜀　相

丞相祠堂何处寻[1]? 锦官城外柏森森[2]。
映阶碧草自春色[3], 隔叶黄鹂空好音[4]。
三顾频烦天下计[5], 两朝开济老臣心[6]。
出师未捷身先死[7], 长使英雄泪满襟。

———

　　杜甫对诸葛亮非常仰慕和推崇,这大概是因为生当安史之乱国家多难之时,渴望有诸葛亮那样的人物出来挽狂澜于既倒、复唐室于盛世的缘故。特别是入蜀之后,身处蜀汉开国之地,目睹诸葛伟业遗泽之迹,痛思玄宗幸蜀之耻,悯己漂泊流离之苦,百感交集,故在许多诗中都咏及诸葛亮,深寄缅怀之思。此诗是特为歌颂诸葛亮的,题标"蜀相",即以汉室正统视之,这在安史之乱的年代,寓意是很深的。前四句写丞相祠堂,一、二句点题,交代祠堂所在,而"何处寻"的"寻"字,已饱含诗人对诸葛亮无限追慕的心情;"柏森森",既是诸葛亮人品和伟业的象征,又是深受后人爱戴的标志。三、四句写祠景,而景中寓情,大好春光,虽然可爱,但哲人已逝,今不可见,令人无限怀念。碧草自绿,黄鹂自鸣,春色与己无见,好音与己无闻,"自""空"互文,是用反衬手法加倍写出诗人对诸葛亮的倾慕之情。后四句写丞相本人。五、六两句,从大处着笔,言简意赅,括尽诸葛亮一生的功业和才德。末二句,对诸葛亮的大业未竟,赍志而殁,深表痛惜。"英雄"二字,不仅包括作者自己,而且包括普天之下所有壮志未酬的英雄人物在内。此诗影响深远。唐顺宗时,"永贞革新"的领袖人物王叔文,力图改革弊政,后遭失败,"但吟杜甫题诸葛亮祠堂诗末句云:'出师未捷身先死,长使英雄泪满襟。'因歔欷泣下"(《旧唐书·王叔文传》)。北宋末年,抗金名将宗泽,因徽宗、钦宗二帝被金人俘虏,忧愤成疾,"诸将入问疾,泽矍然曰:'吾以二帝蒙尘,积愤至此。汝等能歼敌,则我死无恨。'众皆流涕曰:'敢不尽力!'诸将出,泽叹曰:'出师未捷身先死,长使英雄泪满襟。'……泽无一语及家事,但连呼'过河'者三而薨"(《宋史·宗泽传》)。可谓千古英雄,同此怀抱。

———

1 丞相祠堂:即武侯祠,在今成都南郊,现已辟为南郊公园。

2 锦官城:在成都城西南部,汉代主管织锦业的官员居此,故称。后亦作为成都的别称。森森:高大茂密貌。传说武侯祠前有一柏为诸葛亮手植。

3 自春色:自为春色。

4 空好音:空作好音。

5 三顾:指刘备三顾茅庐请诸葛亮出山。频烦:多次烦劳,反复咨询。天下计：安天下之大计，指诸葛亮在《隆中对》中提出的东连孙权、北抗曹操、西取刘璋、三分天下的谋国方略。

6　两朝开济：指诸葛亮先辅佐先主刘备开创帝业，建立蜀汉政权，后又辅佐后主刘禅巩固帝业，济美守成。老臣心：即"鞠躬尽瘁，死而后已"之心。

7　出师未捷：指"北定中原，兴复汉室，还于旧都"（《出师表》）的理想未得实现。《三国志·蜀志·诸葛亮传》载：建兴十二年（234）春，诸葛亮出师伐魏，据武功五丈原，与司马懿对抗于渭南，相持百余日。其年八月，亮病卒于军中，时年五十四。

客　至

舍南舍北皆春水[1]，但见群鸥日日来。
花径不曾缘客扫[2]，蓬门今始为君开[3]。
盘飧市远无兼味[4]，樽酒家贫只旧醅[5]。
肯与邻翁相对饮？隔篱呼取尽余杯[6]。

———

此诗情真意深，一片天趣，充满生活气息。上四写客至。
而一、二先写平日客不至，为下客至作铺垫。"但见"二字，
暗含讽意，只有毫无机心的群鸥天天光顾，人世交游冷淡，自
在言外。三、四喜客至，黄生曰："花径不曾缘客扫，今始缘
君扫；蓬门不曾为客开，今始为君开，上下两意交互成对。"
（《杜诗说》卷八）可见今日之客非俗客。下四写留客，虽盘无
兼味，樽唯旧醅，家贫如此，益见情真，故能呼邻翁对饮，主客
忘形，此所以喜客至也。

———

1　舍：指浣花草堂。

2　花径：植有花草的舍间小径。缘：因为。

3　蓬门：犹柴门。君：指崔明府。

4　盘飧（sūn）：指菜肴。无兼味：谦称菜少。兼味，即重味。

5　旧醅（péi）：隔年而又未过滤的浊酒。古人重新酿，故以旧

醑待客为歉。

6　肯:犹肯否、能否。邻翁:邻居野老。篱:篱笆。呼取:唤来。尽余杯:一同干杯。二句谓欲招邻翁作陪对饮,不知客人同意否,故征询他的意见。

野　望

西山白雪三城戍[1]，南浦清江万里桥[2]。

海内风尘诸弟隔[3]，天涯涕泪一身遥。

惟将迟暮供多病[4]，未有涓埃答圣朝[5]。

跨马出郊时极目[6]，不堪人事日萧条[7]。

————

题为"野望"，但重点不在野望之景，而在野望所感，思弟哀己，忧国伤民，杜甫真是无时无地不在忧国忧民也。仇兆鳌曰："此因野望而寄慨也。上四，野望感怀，思家之念。下四，野望抚时，忧国之情。"（《杜诗详注》卷十）此诗起用对偶，对仗亦工，但前人亦指出前四句第五字皆数目相犯。学者宜忌。

————

1　西山：在成都西，因终年积雪，一名雪岭、雪山，即今四川西北部之岷山。三城：指松州（今四川松潘）、维州（今四川理县西）、保州（今理县新保关西北），因吐蕃时相侵犯，故驻军戍守。

2　清江：指锦江。万里桥：在今成都市南，架锦江上，相传诸葛亮送费祎赴吴，云"万里之行，始于此桥"而得名。

3　风尘：指战乱。诸弟：杜甫有四弟：颖、观、丰、占。时只占随身边。

4　迟暮：指年老，杜甫时年五十。多病：杜甫曾患肺病、疟疾、头风等症，故云。"供"字沉痛，黄生曰："'供'字工甚。迟暮之身尚思效力朝廷，岂意第供多病之用！此自悲自恨之词。"（《杜诗说》卷九）

5　涓：细流。埃：微尘。圣朝：称颂当朝。句意谓自己对国家没有微末贡献。

6　极目：纵目远望。

7　人事：世事。时西山三城列戍，百姓疲于调役，朝廷不恤，故有人事萧条之叹。

闻官军收河南河北

剑外忽传收蓟北[1]，初闻涕泪满衣裳[2]。
却看妻子愁何在[3]？漫卷诗书喜欲狂[4]！
白日放歌须纵酒[5]，青春作伴好还乡[6]。
即从巴峡穿巫峡[7]，便下襄阳向洛阳[8]。

此为杜诗最脍炙人口的名篇之一。这首诗之所以使人读后深为感动，乃在于杜甫所喜，并非一己之喜、一家之喜，而是国家之喜、人民之喜、天下之喜。试想，安史之乱历经八年，国家惨遭浩劫，人民生灵涂炭，杜甫本人饱经颠沛流离之苦。今乱久而平，喜当何如？自是喜出望外，喜不自胜，欣喜若狂，不禁为之手之舞之、足之蹈之也。诗人的高明之处，即将"初闻"官军收复河南、河北的特大喜讯忽然传来一刹那间的惊喜之情、狂喜之态、欲歌欲哭之状，写得绘声绘色，跃然纸上，宛如目见。而这"喜"，是出自内心，发自肺腑，是迸发，是喷涌，是庐山瀑布飞流直下，是长江狂澜一泻千里。这气势，这神韵，怎能不使人读来"涕泪满衣裳"！浦起龙称这是杜甫"生平第一首快诗"（《读杜心解》卷四之一），千载之下，怎能不使人长吟高歌"喜欲狂"！读这首诗，不仅可以看出杜甫爱国的赤诚、天真的性格、充沛的热情，而且可以看出他那炉火纯青、出神入化、登峰造极的艺术造诣。全诗虽章法、句法整饬谨严,但以整为古,一气流注,法极无迹,晓畅自然。作为七律,不仅中二联对偶,末联亦用对偶,而且使用的是当句对兼流水对的特殊对偶形式。两句连用四个地名,累累如贯珠;其他用字亦极准确生动,其势如飞,其情似火。用"归心似箭"的成语,恐怕也不足以表现杜甫此时的心情。而这两句之妙,乃在妙手偶得,纯任自然,全不见雕琢之迹。此等佳句,在五万多首唐诗中都是绝无仅有的。前人评此诗曰"古今绝唱",曰"神来之作",曰"七律绝顶之篇",都是毫不为过的。

1　剑外:剑门关以外,即剑南。杜甫时在梓州,故云。蓟北:即指幽州,是安史之乱的发源地,为叛军老巢。

2　初闻:乍听到。涕泪满衣裳:即"喜心翻倒极,呜咽泪沾巾"(《喜达行在所三首》其二)意。

3　却看:回头看。

4　漫卷:胡乱地卷起,有喜不暇整之意。

5　白日:一作"白首"。放歌:放声高歌。纵酒:开怀痛饮。

6　青春:大好春光。杜甫作此诗时,正是春天。春和景明,伴人归乡,颇不寂寞。

7　即:即刻,立即。巴峡:指嘉陵江流经阆中至巴县(今重庆)一段。巫峡:长江三峡之一,西起今重庆巫山县大宁河口,东至湖北巴东县官渡口。

8　襄阳:今属湖北,为杜甫祖籍。洛阳:今属河南,为杜甫故乡,诗末原注:"余田园在东京。"东京即洛阳。

登　高

风急天高猿啸哀[1]，渚清沙白鸟飞回[2]。
无边落木萧萧下[3]，不尽长江滚滚来[4]。
万里悲秋常作客[5]，百年多病独登台[6]。
艰难苦恨繁霜鬓[7]，潦倒新停浊酒杯[8]。

　　诗前四句写登高所见，后四句写登高所感，情景交融，气象高浑，语言精练而富变化，对仗工整且复自然，极沉郁顿挫之致，是杜诗七律的代表作。首联起势警拔，犹如黄河之水天上来，一气贯注，层叠而下。"风急"二字最为紧要，以下猿哀、鸟回、落木萧萧、长江滚滚，皆从此生出。此联每句各包三景，上句风急、天高，下句渚清、沙白，皆从大处着笔，上句猿，下句鸟，则从小处陪衬，大小相形，格外醒目；颔联二句亦是从大处写秋景，犹如骏马走坂，奔腾无羁。落木萧萧，长江滚滚，连用两叠字，已气势非凡，而又冠以"无边""不尽"四字，则悲壮中更极阔大，遂使萧萧之声、滚滚之势精神跃然而出。若不如此，则振不起下半首。前半写登高所见秋景，泼墨淋漓，雄浑悲壮，遂为下半悲秋张本；颈联两句即从天地风物之大环境，紧缩至孤身一人，但内涵却极深广。宋人罗大经说得好："万里，地之远也；秋，时之凄惨也；作客，羁旅也；常作

客,久旅也;百年,齿暮也;多病,衰疾也;台,高迥处也;独
登台,无亲朋也。十四字之间含八意,而对偶又精确。"(《鹤
林玉露》卷十一)此诗八句皆对,而又章法错综变化,前后紧
相照应。尾联"艰难"应"作客",霜鬓则又年老,何堪颠沛流
离!"潦倒"应"多病",止酒倍加寂寞,何以解忧消愁!妙在
一结,大有登高极目、百感交集之慨,使人唏嘘感叹不能自已。
明胡应麟盛赞此诗:"此当为古今七言律第一,不必为唐人七
言律第一也。"又说:"一篇之中句句皆律,一句之中字字皆
律,而实一意贯串,一气呵成。骤读之,首尾若未尝有对者,胸
腹若无意于对者。细绎之,则锱铢钧两,毫发不差,而建瓴走
坂之势,如百川东注于尾闾之窟。至用句用字,又皆古今人必
不敢道、决不能道者,真旷代之作也。"(《诗薮·内编》卷五)

1 猿啸哀:巫峡多猿,鸣声甚哀,所谓"巴东三峡巫峡长,猿
鸣三声泪沾裳"。

2 渚:水中小洲。回:回旋。

3 落木:落叶。萧萧:风吹叶动之声。

4 滚滚:相继不绝,奔腾不息。

5 万里:远离故乡,指夔州距长安遥远,回京无望。常作客:
长期漂泊在外。

6 百年:犹言一生。多病:杜甫患有疟疾、肺病、风痹、糖尿

病、耳聋等多种疾病。独登台：时逢佳节，诸弟分散，好友先死，孤客夔州，举目无侣，故云。

7　艰难：一指个人生活多艰，一指国家世乱多难。苦恨：极恨。繁霜鬓：白发日多。

8　潦倒：犹衰颓，因多病故潦倒。新停：最近方停。时杜甫因病戒酒。浊酒：混浊的酒，指劣酒。

登 楼

花近高楼伤客心[1]，万方多难此登临[2]。
锦江春色来天地[3]，玉垒浮云变古今[4]。
北极朝廷终不改[5]，西山寇盗莫相侵[6]。
可怜后主还祠庙[7]，日暮聊为《梁甫吟》[8]。

    杜甫无时无地不忧国，登楼亦如此。首联倒装，起势突兀峻耸，若顺说，则平直无气势。"花近高楼"，本可凭高饱览大好春色，却说"伤客心"，盖因正当"万方多难"之故。而"万方多难此登临"一句，为全诗纲领，余则皆从此生出；颔联写景虽气象雄伟，但浮云苍狗变幻，宛如多难人生，世事无常，"感时花溅泪"，睹景更伤情。遂引出以下吐蕃陷京、代宗幸陕、寇盗相侵、国难孔急等情事。登高抒怀，抚今追昔，遂有后主祠庙，聊吟《梁甫》之深慨。情甚悲郁苍凉，但因作者取景壮阔，故虽伤心而无衰飒之气；又因作者爱国情深，坚信"北极朝廷终不改"，故情虽伤而不流于悲观。纪昀曰："何等气象！何等寄托！如此种诗，如日月终古常见而光景常新。"（同上）

1 客：杜甫自谓。

2　万方多难：指到处是战乱。

3　锦江：为岷江支流，自成都郫都区流经成都西南，传说江水濯锦，其色鲜艳于他水，故名锦江，又名流江、汶江，俗名府河。春色来天地：谓春色从四面八方而来。

4　玉垒：山名，在今四川都江堰市西北。此句以玉垒浮云的变幻不定，喻古今世事之变化无常。

5　北极：北极星，一名北辰，喻指朝廷。广德元年（763）十月，吐蕃陷长安，立广武王李承宏为帝，代宗逃奔陕州（今河南陕县）。十二月，长安收复，代宗还京，转危为安，故曰"朝廷终不改"。

6　西山寇盗：指吐蕃。西山，即成都西雪岭。广德元年十二月，吐蕃陷松、维、保三州及云山新筑二城，西川节度使高适不能救，于是剑南西山诸州亦入于吐蕃。因吐蕃陷长安立帝不成，唐朝廷稳固如初，故告以"莫相侵"。二句流水对。

7　后主：蜀先主刘备之子后主刘禅。后主庙在成都南先主庙东侧，西侧即武侯祠。后主宠信宦官黄皓，终致蜀汉亡国。代宗任用宦官程元振、鱼朝恩等，招致吐蕃陷京、銮舆幸陕之祸，故借后主托讽。后主昏庸，亡国还享祠庙，代宗尚未亡国，似胜于刘禅，但亦够可怜的了。

8　《梁甫吟》：乐府曲名。《三国志·蜀志·诸葛亮传》："亮躬耕陇亩，好为《梁甫吟》。"今传《梁甫吟》后人题为诸葛

亮作,实不足信。此即指所咏《登楼》诗。作者将己诗比作
《梁甫吟》,有思得诸葛以济世之意。聊为:有暂且借咏以寄
慨意。

宿　府

清秋幕府井梧寒[1]，独宿江城蜡炬残[2]。
永夜角声悲自语[3]，中庭月色好谁看[4]。
风尘荏苒音书断[5]，关塞萧条行路难[6]。
已忍伶俜十年事[7]，强移栖息一枝安[8]。

　　题是"宿府"，而"独宿"二字为全诗关键。诗借独宿所见所闻之景，抒发独身飘零之感、抑郁寂寞之情。首联"井梧寒""蜡炬残"，其景凄清，正见"独宿"；颔联进一层写独宿的孤寂无聊。二句均为上五下二句式，于"悲""好"处略作停顿。角声悲凉，响彻夜空，如怨如诉，犹似自语。皓月当空，月色虽好，谁来观赏！不是无人望月，而是无心赏月。角声是战乱的象征，明月是思乡的触媒，不由得勾起独宿人无限的乡愁，颈联即写思乡难归的苦衷。作者《恨别》诗云："洛城一别四千里，胡骑长驱五六年。草木变衰行剑外，兵戈阻绝老江边。思家步月清宵立，忆弟看云白日眠。"可作此二句注脚。那时流离风尘才五六年，而今已"伶俜十年"，怎堪忍受！末句照应首句，言幕府供职，本非初心，只是为了一家生计和彼此友谊，所谓"束缚酬知己，蹉跎效小忠"（《遣闷奉呈严公二十韵》），才勉强入幕的。此诗章法谨严，对仗工巧。吴农祥曰："八句皆对,既极严整从容,复带错综变化,此公之神境。"
(《杜诗集评》卷十一)

1　幕府:指严武节度使府。古时行军,将帅无固定驻所,以帐
幕为府署,故称幕府,后遂用作地方军政长官与节度使衙署的
代称。井梧:井边的梧桐树。

2　江城:指成都。蜡炬:蜡烛。

3　永夜:长夜。角声:号角声。

4　中庭:一作"中天"。

5　风尘荏(rěn)苒(rǎn):时光在战乱中流逝。荏苒,谓时间
渐进推移。音书:指亲朋间的音信。

6　关塞:关隘要塞。

7　伶(líng)俜(píng):困苦貌。十年事:从天宝十四载
(755)安史之乱爆发至写此诗,前后凡十年。

8　强移栖息:勉强栖身。一枝安:《庄子·逍遥游》:"鹪鹩巢
于深林,不过一枝。"句谓幕府供职。

阁　夜

岁暮阴阳催短景¹，天涯霜雪霁寒宵²。
五更鼓角声悲壮³，三峡星河影动摇⁴。
野哭几家闻战伐⁵，夷歌数处起渔樵⁶。
卧龙跃马终黄土⁷，人事音书漫寂寥⁸。

　　杜甫善以壮景写哀，此诗即为显例。诗写阁夜所见所闻景象，悲壮动人。首联起势警拔，颔联尤为壮阔，使人惊心动魄。由鼓角悲壮而联想到野哭战伐、渔樵夷歌，由阴阳代谢而感世变无常，友朋凋谢，人事寂寥，独身飘零。意中言外，怆然有无穷之思。起承转接，犹如神龙掉尾，浑化无迹。胡应麟论"老杜七言律全篇可法者"，即举此篇与《登高》《登楼》《秋兴八首》等诗为例，认为"气象雄盖宇宙，法律细入毫芒，自是千秋鼻祖"（《诗数·内编》卷五）。

1　阴阳：犹日月。短景：冬天日短，故云"短景"。景，通"影"。
2　天涯：天边，此指夔州。霁：天晴，此指雪光明朗。
3　五更鼓角：天将启晓。鼓角，更鼓和号角。
4　三峡：指瞿塘峡、巫峡、西陵峡。西阁临瞿塘峡西口。星河：星辰和银河。

5　几家：一作"千家"。战伐：当指去年闰十月以来的崔旰之乱。

6　夷歌：指当地少数民族的歌曲。数处：一作"几处"，一作"是处"。起渔樵：起于渔人樵夫之口。

7　卧龙：指诸葛亮。跃马：指公孙述，述曾据蜀称白帝。左思《蜀都赋》："公孙跃马而称帝。"终黄土：指都死而同归黄土。诸葛亮和公孙述在夔州都有祠庙，夔州有白帝城，故联想及之。

8　人事：指交游。时杜甫好友郑虔、苏源明、李白、严武、高适都已死去。音书：指亲朋间的音信。漫：漫然，有随他去、不管他之意。寂寥：孤独寂寞。此句似自我解脱，实则愤激之词。

咏怀古迹（五首）

支离东北风尘际[1]，飘泊西南天地间[2]。
三峡楼台淹日月[3]，五溪衣服共云山[4]。
羯胡事主终无赖[5]，词客哀时且未还[6]。
庾信平生最萧瑟，暮年诗赋动江关[7]。

第一首以庾信自况。"词客哀时"四字，为全诗关键，前五句所以风尘漂泊，淹滞于三峡五溪者，皆由羯胡倡乱所致。而禄山之叛唐，犹侯景之叛梁，杜甫遭禄山之难，亦犹庾信值侯景之乱。杜甫支离东北，漂泊西南，赋诗哀时，亦犹庾信之羁留北朝，怀念故国而作《哀江南赋》。二人身世颇相类，一留江北而不得回江南，一滞江南而不能回江北，同病相怜，故后四句双管齐下，彼我兼举。前二句明自咏，暗咏庾信，后二句明咏庾信，暗自咏，实以庾信自比，感怀身世。之所以首咏庾信，是因为杜甫久有出三峡去湖湘的打算，即有江陵之行，而江陵有庾信故宅。庾信故宅原为宋玉宅，故下章咏及宋玉。

1　支离：犹流离。东北：指中原地区，与下"西南"相对。自蜀言之，中原则在东北。风尘：指战乱。际：适当其时。此句乃追忆安史乱时，自己在中原地区的流离生涯。

2 西南：指巴蜀。

3 三峡：通常指瞿塘峡、巫峡、西陵峡，此指夔州。楼台：泛指当地民居。淹日月：言漂泊日久。淹，淹留，留滞。

4 五溪：《水经注·沅水》："武陵有五溪，谓雄溪、樠溪、无（一作"沅"）溪、酉溪，辰溪其一焉。夹溪悉是蛮左所居，故谓此蛮五溪蛮也。……织绩木皮，染以草实，好五色衣，裁制皆有尾。"五溪在今湖南西部、贵州东部一带，位于夔州南。共云山：言与五溪蛮共处杂居。

5 羯（jié）胡：古匈奴族别部，此指安禄山，安禄山父系出于羯胡。主：指唐玄宗。玄宗宠任安禄山，而禄山阳奉阴违，终致叛唐作乱，故曰"终无赖"。无赖：谓狡诈反复。羯胡亦指侯景之乱，景降梁又叛梁，反复无常。庾信恰值侯景之乱，故下及之。

6 词客：杜甫自谓，兼指庾信。未还：作者未得还故乡，庾信未得还故国。

7 庾信：字子山，初仕梁。侯景之乱，信奔江陵，在庾家故居（江陵城北三里宋玉宅）暂住。后出使西魏，被羁留北朝长达二十八年之久，官至车骑大将军、开府仪同三司，故杜甫称他"庾开府"。信仕北朝虽位望通显，但常有乡关之思，乃作《哀江南赋》以寄慨。庾信有二子一女死于侯景之乱，其父不久亦去世。在北朝，家庭屡遭不幸，女儿和外孙又相继死去。晚年老病交加，景况凄凉，故曰"平生最萧瑟"。庾信晚年由于环境的变化，创作由绮艳变为苍劲，代表作是《哀江南赋》和《拟咏怀》二十七首，故曰"暮年诗赋动江关"。动江关：谓其诗赋感人至深。杜甫《戏为六绝句》又谓"庾信文章老更成，凌云健笔意纵横"。

摇落深知宋玉悲[1]，风流儒雅亦吾师[2]。
怅望千秋一洒泪，萧条异代不同时[3]。
江山故宅空文藻[4]，云雨荒台岂梦思[5]？
最是楚宫俱泯灭，舟人指点到今疑[6]。

第二首咏宋玉，引为知己，尊以为师，盖因其赋寓规讽，文采风流，足传千古。而后世之人，误解其赋真意，或以为真在说梦。故以楚宫泯灭衬其故宅独存，言外见文藻足以长留天地，而豪华富贵只是过眼烟云耳。后半抑楚王，正是扬宋玉；扬宋玉，亦所以自扬也，此所谓咏怀。

1　宋玉：为战国晚期屈原之后杰出的辞赋家，著有《九辩》以抒发落拓不遇的悲愁。首句即本《九辩》"悲哉秋之为气也，萧瑟兮草木摇落而变衰"。曰"深知"，则引宋玉为知己。

2　风流儒雅：指宋玉的人品标格和文学才能。亦吾师："亦"

字承上章"庾信"来。

3　"怅望"二句：为流水对，谓自己与宋玉身世萧条相同，而生不同时，今思其人，故而怅望洒泪。二人相距千年，故曰"千秋"。异代，不同时代。

4　"江山"句：宋玉故宅相传有两处，一在江陵，一在归州。此指归州宅。归州（今湖北秭归）在三峡内，故曰"江山故宅"。故宅虽存，其人已亡，唯留辞赋传人间，故曰"空文藻"。

5　云雨：宋玉《高唐赋》："昔者先王（楚怀王）尝游高唐，怠而昼寝，梦见一妇人，曰：'妾巫山之女也，为高唐之客，闻君游高唐，愿荐枕席。'王因幸之。去而辞曰：'妾在巫山之阳，高丘之阻，旦为朝云，暮为行雨，朝朝暮暮，阳台之下。'"荒台：即指阳台。岂梦思：难道真是说梦吗？言外谓《高唐赋》不全是说梦，而是另有寓意。

6　楚宫：在夔州巫山县（今属重庆）。俱泯灭：言楚宫今已荡然无存。因不存，故遗地难寻，虽经舟人指点，但终令人生疑。

群山万壑赴荆门[1]，生长明妃尚有村[2]。
一去紫台连朔漠[3]，独留青冢向黄昏[4]。
画图省识春风面[5]，环佩空归夜月魂[6]。
千载琵琶作胡语，分明怨恨曲中论[7]。

第三首是五首中写得最好的。诗开头就极有气势。长江两岸,层峦叠嶂,隐天蔽日,群山万壑,势若奔赴,直趋荆门。"赴"字用得极生动,把无生命的山川景物写得富有生命活力。接着"尚有村"句,说现在能看到的,就只有"昭君村"了,大有物是人非之感。表现了作者对昭君悲惨身世的深切悼念和无限同情。三、四两句,作者仅用十四个字,就写尽昭君的一生,文字极为精练,感慨却是无穷,把昭君生前死后的寂寞悲凉写得淋漓尽致。"一去""独留",显得是那么寂寞孤独;"连朔漠""向黄昏",显得是那样空旷凄清。"紫台"和"青冢"形成鲜明的对比,而造成这悲剧的,不正是那居住在"紫宫"的主人吗?"画图"一句,作者把笔锋直接指向了悲剧的制造者,深刻而又形象地揭露了汉元帝的昏庸和淫威。但昭君仍不忘故国,因为那是生她养她的地方,她生不能身归,那颗眷恋故国的心只好化为魂魄而伴着夜月归来。"省识"与"空归"对文,又形成强烈的对比:"省识",见出汉元帝的草菅人命;"空归",显出王昭君的高尚情操,抱恨终身。末句"怨恨"二字,点明全诗主题,为千载之下一切怀才不遇之士痛洒一掬热泪。作者通首咏昭君,实际上是在抒己怀;写昭君,也是写自己。杜甫曾自比稷、契,立志要"致君尧舜上,再使风俗淳"。但残酷的现实,使他的理想最终化为泡影。王昭君是美女入宫而不见御,诗人是烈士怀忠而不见用。但诗人的感慨和爱憎全不直接写出,而是通过冷静的客观描写,让读者自己去领会、体味。这正是伟大现实主义诗人杜甫的高超之处。难怪沈德潜盛赞:"咏昭君诗,此为绝唱!"(《唐诗别裁集》卷十四)

1　荆门:山名,在今湖北宜昌市东南长江南岸。

2　明妃:即王昭君,名嫱,汉元帝时宫人,远嫁匈奴呼韩邪单于。晋人避司马昭讳,改昭君为明君,故曰"明妃"。昭君村,在今湖北兴山县南妃台山下,唐属归州。

3　紫台:即紫宫,天子所居,此指汉宫。朔漠:北方沙漠之地,指匈奴。

4　青冢:王昭君墓,在今内蒙古自治区呼和浩特市南。

5　画图:《西京杂记》卷二:"元帝后宫既多,不得常见,乃使画工图形,案图召幸之。诸宫人皆赂画工,多者十万,少者亦不减五万。独王嫱不肯,遂不得见。匈奴入朝,求美人为阏氏,于是上案图以昭君行。及去,召见,貌为后宫第一,善应对,举止闲雅。帝悔之,而名籍已定,帝重信于外国,故不复更人。"省识:犹不识,与下"空"字对文。案图召幸,自不能识人真面目。春风面:美丽面容。

6　空归:魂归而身不得归,故云"空归"。

7　胡语:犹胡音。曲:指琴曲《昭君怨》。相传王昭君远嫁匈奴,心中不乐,乃作《怨旷思惟歌》,后人名为《昭君怨》。实不可信,当系后人伪托。二句意为千载以下,人们还分明从琵琶所奏的《昭君怨》一类歌曲中,听到昭君在诉说她那无穷的怨恨。

　　　蜀主窥吴幸三峡,崩年亦在永安宫[1]。
　　　翠华想象空山里[2],玉殿虚无野寺中[3]。
　　　古庙杉松巢水鹤[4],岁时伏腊走村翁[5]。
　　　武侯祠屋常邻近[6],一体君臣祭祀同[7]。

　　第四首专咏刘备,而兼及诸葛亮,意在表彰其君臣相契、如鱼得水。“一体君臣”为一篇关键。《杜诗言志》卷十曰:“此一首是咏蜀主,而己怀之所系,则在于‘一体君臣’四字中。盖少陵生平,只是君臣义重,所恨不能如先主武侯之明良相际耳。”今重庆奉节县东白帝山顶有白帝庙,庙内正殿即名明良殿。殿内有塑像,正中为先主刘备,右为诸葛亮,左为关羽、张飞。明良殿右,又有武侯祠,正中为诸葛亮像,亦是“一体君臣祭祀同”的格局。

1　蜀主:指刘备。窥吴:指刘备恨东吴孙权袭杀关羽,于章武元年(221)七月率军伐吴。二年夏六月,败归白帝城,改鱼复县曰永安。三年夏四月,病死永安宫。旧称皇帝出行曰幸,皇帝死曰崩。永安宫即在夔州白帝城。

2　翠华:指皇帝仪仗。因刘备已死,今唯想象而已。空山:指白帝山,永安宫即在山上。

3　玉殿:原注:"殿今为卧龙寺,庙在宫东。"野寺:即指卧龙寺。

4　古庙:即先主庙。巢水鹤:水鹤在松杉上做巢。

5　岁时伏腊:犹言一年四时祭祀。伏腊,古代祭名,伏谓伏日,在夏六月;腊谓腊日,在冬十二月。村翁:指夔州当地村民百姓。

6　武侯:即诸葛亮,封武乡侯。常邻近:谓武侯祠与先主庙相邻。

7　一体君臣:语出王褒《四子讲德论》:"君为元首,臣为股肱,明其一体,相待而成。"刘备与诸葛亮生前君臣相得,"犹鱼之有水",而死后又同享后人祭祀,所谓"平日抱一体之诚,千秋享一体之报"(《杜诗详注》卷十七引顾宸语)。

诸葛大名垂宇宙,宗臣遗像肃清高[1]。
三分割据纡筹策[2],万古云霄一羽毛[3]。
伯仲之间见伊吕[4],指挥若定失萧曹[5]。
运移汉祚终难复[6],志决身歼军务劳[7]。

第五首专咏诸葛亮。"宗臣清高"四字，为一篇之纲，既盛赞其才品独超，又痛惜其生不逢时。天运难复，则非宗臣之能事所及；志决身歼，则非清高之节操不坚。宗臣清高如此，能不令人仰大名而瞻遗像、以叹其遭时不遇也哉！王嗣奭曰："通篇一气呵成，宛转呼应，五十六字，多少曲折，有太史公笔力。薄宋诗者谓其带议论，此诗非议论乎？公自许稷、契，而莫为用之，盖自况也。"（《杜臆》卷八）

《咏怀古迹五首》和《诸将五首》《秋兴八首》，都是杜甫著名的七律组诗，每首虽各自成篇，但也不是漫然拼凑，而是有一定联系的。《咏怀古迹五首》联章结构虽不像《秋兴》那样，八首只如一首，但亦有脉络可寻，可以看出作者的用心。毛张健曰："第一首目伤飘泊，而以词客句带出庾信，次篇亦以词客兼及宋玉。而庾信结尾，宋玉发端，则格局之变换处。三篇因上楚宫云雨，类及明妃。合三篇言之，盖词客、美人俱堪叹惋，而楚、汉二君之荒淫失德，亦于兹可见，借以讽切时事。故四、五以蜀主臣之励精图治终之，而末所云'运移汉祚''志决身歼'者，则言外别有感慨，又与首篇'支离''飘泊'之意相照。盖公自以留滞西南不能决策以平世乱也。愚谓每篇各赋一事，元可无藉联络，而古人不苟如此。若宜联络者，反成散漫，则今之不如古也。"（《杜诗谱释》卷二）

1　宗臣：宗庙社稷之重臣。肃清高：言后人仰其清高而肃然起敬。

2　三分割据：指魏、蜀、吴三分天下而成鼎足之势。纡筹策：用尽心智为之计谋策划。

3　万古：犹言旷古。一：独也，特异之谓也。句谓诸葛亮乃旷古未有之奇才，犹如鸾凤高翔于云霄之上，不可企及。

4　伯仲之间：犹谓不相上下。伯仲，兄弟行。伊吕：指伊尹、吕尚。伊尹佐商汤，吕尚辅周文王、武王，都是开国元勋、历史名臣。句谓诸葛亮可与伊尹、吕尚比肩。

5　指挥若定：谓策划谋略若得实现则平定天下。失：犹"无"，掩没也。萧曹：萧何和曹参，皆为汉之开国元勋，所谓"一代之宗臣"。句谓倘若诸葛亮按计已定天下，则萧、曹之功业均不能与之相比，惜其早死未得实现。

6　运：国运，天运。祚：帝位。句谓国运转移，汉祚难复，诸葛亮辅佐刘氏恢复汉室的宏图终于不得实现。

7　志决身歼：即所谓"鞠躬尽瘁，死而后已"。军务劳：《三国志·蜀志·诸葛亮传》注引《魏氏春秋》曰："亮使至，问其寝食及其事之烦简，不问戎事。使对曰：'诸葛公夙兴夜寐，罚二十以上，皆亲览焉；所啖食不至数升。'宣王（司马懿）曰：'亮将死矣！'"

刘长卿

江州重别薛六柳八二员外

生涯岂料承优诏[1]，世事空知学醉歌[2]。
江上月明胡雁过[3]，淮南木落楚山多[4]。
寄身且喜沧洲近[5]，顾影无如白发何。
今日龙钟人共老[6]，愧君犹遣慎风波[7]。

　　高仲武谓"长卿有吏干，刚而犯上"（《中兴间气集》卷下），因此遭谤而被贬，内心自然悲愤难平。但碍于政治，又不便直泻无余，所以这首诗写得委婉深曲，反语寄讽，意在言外。颔联写北雁南飞，秋摧木落，情景兼融，寄慨身世之衰飒，凄婉清切。末联照应题目，珍重友情，明写途经风波，暗喻宦海险恶，意味深长。屈复评曰："唐七律，随州词藻清洁，抑扬反复，有味外之味，最耐人吟诵。"（《唐诗成法》）当指此类。

1　生涯：生活。优诏：优渥的诏敕，指恩敕重推。

2　空知：徒然晓得。

3　江：指长江。胡雁：北来之雁。时当秋季，北雁南飞，故云。

4　淮南：九江汉时为淮南国，属楚地。

5　沧洲：滨海之地，隐者所居。此指贬所南巴，濒临南海，故云。

6　龙钟：潦倒失意貌。

7　君：指薛、柳二员外。遣：教。

长沙过贾谊宅

三年谪宦此栖迟[1]，万古惟留楚客悲[2]。
秋草独寻人去后[3]，寒林空见日斜时[4]。
汉文有道恩犹薄[5]，湘水无情吊岂知[6]？
寂寂江山摇落处[7]，怜君何事到天涯[8]！

　　此诗凄怆忧愤，深悲极怨。一、二直陈其事，三、四运典无痕，五、六议论有致，七、八含蓄蕴藉。正所谓："全是言外有作诗人在、过宅人在。"（方东树《昭昧詹言》卷十八）怜贾谊正所以自怜，悲贾谊正所以自悲。笔法顿挫，寄慨深长。

1　三年：贾谊为长沙王太傅三年。谪宦：即贬官。此：指贾谊宅。栖迟：居住。
2　楚客：指贾谊。长沙，古属楚地。
3　人去后：贾谊在长沙，有鵩鸟（俗名猫头鹰）飞入谊舍，止于坐隅，作《鵩鸟赋》，中有"野鸟入室兮主人将去"语，此用其字面。
4　日斜时：用《鵩鸟赋》"庚子日斜兮鵩集予舍"字面。
5　汉文：西汉文帝，文帝为有道之君，他和景帝统治时期，史称"文景之治"，为汉代盛世。但文帝并未重用贾谊，故云"恩犹薄"。文帝对贤才尚且如此,他人可知。

6 "湘水"句:《史记·屈原贾生列传》:"(贾谊)闻长沙卑湿,自以寿不得长,又以适(谪)去,意不自得。及渡湘水,为赋以吊屈原。"即有名的《吊屈原赋》。屈原为楚名臣,自沉于汨罗江,江入湘水,故云"湘水无情"。

7 摇落:凋谢,零落,特指秋寒叶落。

8 君:指贾谊,亦包含自己。

自夏口至鹦鹉洲望岳阳寄源中丞

汀洲无浪复无烟[1]，楚客相思益渺然[2]。
汉口夕阳斜渡鸟[3]，洞庭秋水远连天[4]。
孤城背岭寒吹角[5]，独树临江夜泊船[6]。
贾谊上书忧汉室，长沙谪去古今怜[7]。

　　刘长卿对贾谊可谓情有独钟，在《新年作》《长沙过贾谊宅》和这首诗中，接连三次提到贾谊被贬长沙的史实，真可谓是念念不忘，三致意焉。所以如此，盖由同病相怜。此诗以贾谊喻源休，实亦自喻；怜贾谊，怜源休，亦自怜。"古今怜"三字，下得沉痛，直令古今被贬失意人凄然涕下。金圣叹曰："'夕阳度鸟'，写为时既已无及；'秋水连天'，写为地又颇不近。然则，但好相思，不好相过，固有不待更说者也。妙写'望'字、'寄'字也。"（《选批唐才子诗》卷二）全诗写渺然两地相思相怜，绵婉悠长，凄恻动人。

1　汀洲：指鹦鹉洲。

2　楚客：作者自谓，鄂州属楚地，故以自称。

3　汉口：汉水入长江之口，在夏口西，隔江相对。

4　洞庭：指源休所在。

5 孤城:指夏口。角:军中吹乐器。

6 树:一作"戍"。

7 "长沙"句:贾谊曾多次上书汉文帝,评论时政,主张削弱
地方诸王势力,加强中央集权,但不被重用,谪贬长沙王太傅。
此以贾谊比源休,故曰"古今怜"。

钱　起

赠阙下裴舍人

二月黄鹂飞上林[1]，春城紫禁晓阴阴[2]。
长乐钟声花外尽[3]，龙池柳色雨中深[4]。
阳和不散穷途恨[5]，霄汉常悬捧日心[6]。
献赋十年犹未遇[7]，羞将白发对华簪[8]。

　　此为投赠诗，以求裴舍人援引举荐，但写得含蓄隐约，不露痕迹，很是得体。上四句，从阙下富丽景象着笔，恭维裴舍人之得志受宠；下四句，悲己之不遇，但"身在江湖，心存魏阙"，忠君爱国之诚溢于言表，身份自高。献赋未遇，羞对华簪，隐含求援意，但不露乞怜相。"长乐钟声花外尽，龙池柳色雨中深"一联，写宫禁景色，气象真朴，不减盛唐，尤为人激赏，高仲武《中兴间气集》誉为"特出意表，标准千古"。陶元藻更品评曰："钟声从里面一层一层想出来，柳色从外面一层一层看进去，才觉得'尽'字、'深'字之妙，而神韵悠长，气味和厚，殊难遽造此诣，宜当时之脍炙人口。"（《唐诗向荣集》）惜此诗首、颔两联失黏，若将一、二句对换，平仄方协。喻守真以为是传抄之误，不为无见。而《全唐诗》卷二百三十九在此二句下注曰"一本二句倒用"，早已指出，当必有据。

1 黄鹂：黄莺。上林：即上林苑，秦汉时皇家苑囿，故址在今陕西西安市鄠邑区及周至县界，此泛指宫苑。

2 紫禁：古以紫微垣喻皇帝所居，故称皇宫为紫禁。

3 长乐：即长乐宫，汉宫殿名，在长安城内，此借指唐宫。

4 龙池：在长安兴庆宫内。兴庆宫为唐玄宗龙潜之地，即位后为南内，常在此听政。

5 阳和：指仲春二月的和暖之气。穷途：犹言走投无路。指己屡试不第。

6 霄汉：指天极高处，此喻朝廷。捧日心：用程昱事。《三国志·魏书·程昱传》裴松之注引《魏书》曰："昱少时常梦上泰山，两手捧日。昱私异之，以语荀彧。及兖州反，赖昱得完三城，于是彧以昱梦白太祖（曹操）。太祖曰：'卿当终为吾腹心。'昱本名立，太祖乃加其上'日'，更名昱也。"捧日心，即辅佐君主之心。

7 献赋：指应进士试。

8 华簪：有装饰的簪，达官贵人冠饰簪缨。此指裴舍人。

韦应物

寄李儋元锡

去年花里逢君别，今日花开又一年。

世事茫茫难自料，春愁黯黯独成眠[1]。

身多疾病思田里[2]，邑有流亡愧俸钱[3]。

闻道欲来相问讯[4]，西楼望月几回圆[5]。

此诗五、六句，因其关心民瘼、勇于自责而向被称道。黄彻云："余谓有官君子，当切切作此语。彼有一意供租，专事土木，而视民如仇者，得无愧此诗乎！"（《碧溪诗话》卷二）方回亦云："朱文公盛称此诗五、六好，以唐人仕宦多夸美州宅风土，此独谓'身多疾病''邑有流亡'，贤矣。"（《瀛奎律髓》卷六）

1　黯黯：心情沮丧貌。

2　思田里：指归隐田园。

3　邑：指自己管辖的滁州。流亡：指灾民。俸钱：俸禄。

4　问讯：问候，探望。

5　西楼：在滁州。韦应物《寄别李儋》诗："远郡卧残疾，凉气满西楼。想子临长路，时当淮海秋。"又《送中弟》诗："山郡多风雨,西楼更萧条。嗟予淮海老,送子关河遥。"滁州,唐属淮南道,故云"淮海"。或谓即苏州观风楼,非是。

韩　翃

同题仙游观

仙台初见五城楼[1]，风物凄凄宿雨收[2]。
山色遥连秦树晚[3]，砧声近报汉宫秋[4]。
疏松影落空坛静[5]，细草香生小洞幽[6]。
何用别寻方外去[7]，人间亦自有丹丘[8]。

　　此诗首句揭出仙游观，以下五句描写观内外景物，一片清幽静谧之境。三、四两句，远近结合，写景空阔，绘声绘色。秦树、汉宫、山色、砧声，交织成一幅秋晚图画，为人称赏。末联结出仙境就在人间，照应题目，确是题仙游观诗。

1　仙台：指仙游山。初：一作"下"。五城楼：《史记·封禅书》："方士有言：'黄帝时为五城十二楼，以候神人于执期，命曰迎年。'"此指仙游观。

2　凄凄：萧瑟凄凉貌。宿雨：夜雨。

3　山色：终南山秋色。秦：关中属秦地。

4　砧声：捣衣声。汉宫：指长安宫苑。

5　坛：疑当作"潭"，指仙游潭。

6　生：一作"闲"，一作"开"。洞：指仙游洞。

7　方外：犹世外。

8　丹丘：犹仙境。《楚辞·远游》："仍羽人于丹丘兮,留不死之旧乡。"朱熹注："羽人,飞仙也。丹丘,昼夜长明之处也。不死之乡,仙灵之所宅也。"此指仙游观。

皇甫冉

春　思

莺啼燕语报新年¹，马邑龙堆路几千²。
家住层城邻汉苑³，心随明月到胡天⁴。
机中锦字论长恨⁵，楼上花枝笑独眠。
为问元戎窦车骑⁶，何时返旆勒燕然⁷？

　　诗写闺怨，因是新春佳时，妻子思念远征在外的丈夫，故
曰"春思"。首联点题，而偏就征夫一方说。莺啼燕语，春意
盎然，新年本应团圆，而丈夫却转战边地，相隔遥远；中两联
专就自己一边说，"心随明月到胡天"，饶有情致。"楼上花枝
笑独眠"，构思新颖，以花之多情反衬己之苦情；末盼征师凯
旋、夫妻团圆，而以设问作结，情痴动人，耐人寻味。情极缠绵
而不纤艳，意颇深微而不衰颓。乔亿评曰："一气蝉联而下，
新丽自然，可谓情到兼神到矣。"（《大历诗略》卷五）

1　新年：犹新春。
2　马邑：在今山西朔州，为北部边城。龙堆：即白龙堆，今名
库姆塔格沙漠，在今新疆罗布泊与甘肃敦煌古玉门关之间。
3　层城：指京城长安，因京城分内外两层，故云。一作"秦

城"。汉苑：汉代林苑，此借指唐皇家苑囿。

4 胡天：指边塞之地，即上马邑、龙堆。

5 锦字：《晋书·列女传》载：前秦时秦州刺史窦滔被徙流沙，其妻苏蕙思念他，遂织锦为回文旋图诗以赠滔，婉转循环以读之，其词凄婉，凡八百四十字。后遂用作妻子致书思念丈夫的典故。论长恨：倾诉思念之情、离别之恨。

6 元戎：主帅。窦车骑：东汉车骑将军窦宪，曾率军大破匈奴，于燕然山刻石勒功，纪汉威德。

7 返斾（pèi）：犹凯旋。斾，旗帜的通称。勒：刻石。燕然：即今蒙古人民共和国杭爱山。

卢　纶

晚次鄂州

云开远见汉阳城[1]，犹是孤帆一日程[2]。
估客昼眠知浪静[3]，舟人夜语觉潮生。
三湘愁鬓逢秋色[4]，万里归心对月明[5]。
旧业已随征战尽[6]，更堪江上鼓鼙声[7]。

　　大历诸子中，以卢纶七律最多，今存四十八首。此为名作，或推为卢纶七律第一，诚然不虚。第六句"归心"二字，为一篇诗眼。前五句，是写归心之急；后二句，是写归心之所以急。总是一片归心，全以神行，用意深妙，曲尽情致。清朱三锡说此诗甚细，照录如下："通篇只写急归神理耳。卢公归心甚急，望见汉阳，恨不疾飞立到，无奈计程尚须一日，故曰'远见'，又曰'一日程'也。三、四承之，言明知再须一日，而心头眼底，不觉忽忽欲去，于是厌他'估客昼眠'而'知浪静'，曰'浪静'，是无风可渡矣；喜他'舟人夜语'而'觉潮生'，曰'潮生'，又似有水可行矣。总是彻夜不眠，急归情绪也。后四句一气赶下，是倒卷文法。言吾所以急欲归去者，只为旧业已无可归，江上更闻鼓鼙，心驰万里之外，鬓对三湘之间，一日不能少留耳。"（《东岩草堂评订唐诗鼓吹》卷五）

1　汉阳：在鄂州西,隔江相对。

2　一日程：汉阳"东渡江至鄂州,七里"(《元和郡县图志·江南道三·沔州》),但因此段水路"激浪崎岖,实舟人之所艰也"(《水经注·江水三》),故须一日之程。

3　估客：商人。

4　三湘：指今湖南境内,此记所来之地。

5　归心：思归之心。卢纶祖籍范阳,移居于蒲,又客长安,均距鄂州甚远,故曰"万里"。

6　旧业：原有家产。

7　鼓鼙(pí)：战鼓,代指战乱。

柳宗元

登柳州城楼寄漳汀封连四州刺史

城上高楼接大荒¹，海天愁思正茫茫²。
惊风乱飐芙蓉水³，密雨斜侵薜荔墙⁴。
岭树重遮千里目⁵，江流曲似九回肠⁶。
共来百粤文身地⁷，犹自音书滞一乡⁸。

柳宗元参加王叔文革新集团，原是为的改革弊政、振兴国家。但由于保守势力和宦官集团的反对，惨遭失败，一贬再贬，越贬越远，而且是同道皆被贬黜，"共来百粤文身地"。身处蛮荒，抑郁悲愤之情自可想见。首联应题"登柳州城楼"，登高楼而望大荒，只见海天漫漫，广阔无际，极目而四州难见，遂触景生情，百感交集。中二联全写登楼所见之景，三、四为近景，五、六为远景，写风雨纵横，树遮江曲，虽系眼前实景，但惊风飐水，密雨侵墙，一缀以"芙蓉""薜荔"等意象，即融入屈原《离骚》诗意，象征志士仁人所面临的险恶处境。而"岭树重遮千里目，江流曲似九回肠"的精严工对，立刻使我们联想到李白"总为浮云能蔽日，长安不见使人愁"的深忧，以及司马迁被刑后"肠一日而九回"的郁愤。吴乔曰："中四句皆寓比兴，'惊风''密雨'喻小人，'芙蓉''薜荔'喻君子，'乱飐'

'斜侵'则倾倒中伤之状，'岭树'句喻君门之远，'江流'句喻臣心之苦，皆逐臣忧思烦乱之词。"（何焯《义门读书记》卷三十七引）遂嫌过于坐实，但联系柳宗元的身世遭遇，不谓无据。末联照应题中"寄漳汀封连四州"，总束全诗，沉郁顿挫，无限愁思，深痛之情，曲曲绘出。或推此诗为柳宗元七律第一，当不为过。

1　大荒：荒远之地。

2　"海天"句：谓愁思正像海天一样茫茫无际。

3　惊风：骤起的狂风。飐（zhǎn）：风吹浪动。

4　薜（bì）荔：一种蔓生的香草。

5　岭：五岭。柳州在五岭之南。重（chóng）遮：重重遮蔽。千里目：一作"千里月"。此句一作"云驶去如千里马"。

6　江：即柳江，一名左江。九回肠：谓江流曲折犹似肠之九回。

7　百粤：即"百越"，指五岭以南各少数民族地区。文身：在身上刺花纹，系百越的一种习俗。

8　犹自：尚自。滞：滞留。谓各滞一方，音信难通。

刘禹锡

西塞山怀古

王濬楼船下益州¹，金陵王气黯然收²。
千寻铁锁沉江底³，一片降幡出石头⁴。
人世几回伤往事⁵，山形依旧枕寒流⁶。
从今四海为家日⁷，故垒萧萧芦荻秋⁸。

此诗向被誉为怀古名篇，或谓"千载绝作"，或谓"唐人怀古之绝唱"，或谓"唐人七律中神品"，或谓"金陵怀古七律第一"，或谓"中唐七律第一"，推崇备至。诗前四句专写晋灭吴事，一气呵成，大有摧枯拉朽之势、雷霆万钧之力。益州、金陵，相距万里，而王濬楼船一"下"，金陵王气顿"收"，声威所至，何其盛也！铁锁封江，不为不固，晋师所向，顷刻瓦解，直抵石头城下，吴主面缚出降，败何速也！作者通过对历史事件生动形象的艺术概括，向人们揭示了一条真理：天险不足恃，成败在人事。所谓"兴废由人事，山川空地形"（《金陵怀古》）是也。前四句只言吴亡一事，是为详写。"第五句七字括过六朝，是为简练。第六句一笔折到西塞山，是为圆熟"（《瀛奎律髓汇评》卷三纪昀评语）。二句以山川依旧、江流不息的永恒，反衬六朝迭相兴亡的倏忽。"枕"字妙，用拟人化的手法写出了西塞山的超然物外。"枕流"本是隐者的行为,所以张谦宜曰:"'山形依旧枕寒流',哪管人间争斗!"(《纟见斋诗谈》卷八)而"寒"字又与末句"秋"字相照应,可见针线之密。末二句回到现实,怀古慨今,寓含深意,悠然不尽。当时唐王朝名为一统天下,实则藩镇割据愈演愈烈,"故垒萧萧芦荻秋",既是对六朝遗迹的凭吊,又是中唐险恶政局的形象写照。刘禹锡正是用吴亡这一典型事例,既警告割据者毋拥兵自恃,又提醒当政者宜居安思危,勿蹈历史覆辙。全诗将怀古、慨今、垂戒后世融为一体,发人深思,含蕴无穷。薛雪评曰:"刘宾客《西塞山怀古》,似议非议,有论无论,笔着纸上,神来天际,气魄法律,无不精到,洵是此老一生杰作。"(《一瓢诗话》)

1 楼船:高大的战船。益州:即今四川成都。王濬(jùn)时任益州刺史。《晋书·王濬传》载:"武帝谋伐吴,诏濬修舟舰。濬乃作大船连舫,方百二十步,受二千余人。以木为城,起楼橹,开四出门,其上皆得驰马来往。……舟楫之盛,自古未有。"太康元年正月,濬自成都率水军攻吴。

2 金陵:即今江苏南京,时称建业,为东吴国都。王气:帝王之气。黯然:昏暗无光貌。

3 寻:古以八尺(一说七尺)为一寻。《晋书·王濬传》:"吴人于江险碛要害之处,并以铁锁横截之,又作铁锥长丈余,暗置江中,以逆距船。……濬乃作大筏数十,亦方百余步,缚草为人,被甲持杖,令善水者以筏先行,筏遇铁锥,锥辄著筏去。又作火炬,长十余丈,大数十围,灌以麻油,在船前,遇锁,然炬烧之,须臾,融液断绝,于是船无所碍。"故曰"铁锁沉江底"。

4　降幡(fān):降旗。石头:城名,亦名石首城,又名石城。原为战国楚威王金陵邑,筑于威王七年(前 333),东汉建安十六年(211),吴孙权徙治秣陵,翌年在石头山金陵邑原址筑城,改名石头。依山为城,因江为池,形势险要,为攻守金陵必争之地。故址在今南京市西石头山后,南北全长约三千米,地基遗迹为赭红色。

5　往事:兼指吴、东晋、宋、齐、梁、陈六朝迭相亡国的史事,因六朝都建都金陵。

6　山形:指西塞山。寒流:指长江。

7　四海为家:意即国家统一。

8　故垒:六朝以来的营垒遗迹。萧萧:秋风声。芦荻:两种生长于湿地和水边的同科异种植物。

元　稹

遣悲怀（三首）

谢公最小偏怜女[1]，自嫁黔娄百事乖[2]。
顾我无衣搜荩箧[3]，泥他沽酒拔金钗[4]。
野蔬充膳甘尝藿[5]，落叶添薪仰古槐[6]。
今日俸钱过十万[7]，与君营奠复营斋[8]。

昔日戏言身后意[9]，今朝都到眼前来。
衣裳已施行看尽[10]，针线犹存未忍开。
尚想旧情怜婢仆[11]，也曾因梦送钱财。
诚知此恨人人有[12]，贫贱夫妻百事哀。

闲坐悲君亦自悲，百年多是几多时[13]？
邓攸无子寻知命[14]，潘岳悼亡犹费词[15]。
同穴窅冥何所望[16]，他生缘会更难期[17]。
唯将终夜长开眼[18]，报答平生未展眉[19]。

悼亡诗，可谓潘岳开其端，元稹继其后，但后来居上，写得尤为情真意挚，凄婉动人。第一首写妻子生前，以名门女嫁贫士，而能甘于贫贱，艰难持家，体贴丈夫，实为安贫治家之贤

妇。第二首写妻子死后，睹物思人，想其美德，感其遗泽，专就
生活细节写贫贱夫妻恩爱之笃，词非丽而情自深。第三首写
自悲，百年易逝，更兼无子，鳏夫独居，情怀难诉。末以"未展
眉"对"长开眼"，应前"贫贱夫妻百事哀"，绾合双方，可见生
者死者、生前死后，均极悲苦。三诗皆就贫贱夫妻实写生死离
别悲欢之情，而无溢美之词，字字真挚，哀婉缠绵，催人泪下，
堪称绝唱。孙洙曰："古今悼亡诗充栋，终无能出此三首范围
者，勿以浅近忽之。"（《唐诗三百首》）之所以致此，正如陈寅
恪所云："直以韦氏之不好虚荣，微之之尚未富贵。贫贱夫
妻，关系纯洁。因能措意遣词，悉为真实之故。夫唯真实，遂
造诣独绝欤？"（《元白诗笺证稿》第四章《艳诗及悼亡诗》）

1　谢公：指东晋宰相谢安，曾拜太保，卒赠太傅。其侄女谢
道韫有才名，安甚爱之。韦丛之父夏卿，官太子少保，卒赠左
仆射。丛为夏卿幼女。此以谢公比韦夏卿，以谢道韫比韦丛。
偏怜：最疼爱。此句为"谢公偏怜最小女"之倒装。
2　黔娄：战国时齐国隐士，家贫，食不充腹，衣不蔽体，修身清
节，不求仕进。元稹幼孤贫，故以自喻。乖：不顺利。元稹婚
后曾任左拾遗，因直言失官，一度出为河南县尉，故云。
3　荩(jìn)箧：一种草编的衣箱。荩，草名。荩箧，一作"画
箧"。

4　泥(nì)：柔言索物，俗言"软缠"。沽酒：买酒。金钗：指首饰。

5　藿：豆叶。尝藿：一作"长藿"。

6　薪：柴草。仰：仰仗。句谓以古槐落叶烧火做饭。

7　俸钱：俸禄，犹今言薪水。监察御史为正八品上。

8　君：指韦丛。营：办理。奠：祭品。斋：延请僧、道超度亡灵。

9　戏言：玩笑话。身后：死后。

10　衣裳：指妻子生前所遗衣服。施：施舍与人。行：快要。

11　旧情：生前情分。怜婢仆：因思念妻子的贤惠而爱及婢女奴仆。

12　此恨：死别之恨。

13　"闲坐"二句：曹丕在忆及徐幹、陈琳、应玚、刘桢因疾疫流行"一时俱逝"时曰："谓百年己分，可长共相保。何图数年之间，零落略尽，言之伤心。……既痛逝者，行自念也。"(《与吴质书》)此袭其意。

14　邓攸无子：《晋书·邓攸传》：攸字伯道，西晋末为河东太守，战乱中携家逃难，度不能两全，乃舍子保侄，后终无子，时人义而哀之，为之语曰："天道无知，使邓伯道无儿。"元稹与韦丛生五子，均夭亡，只有一女，故自比邓攸。寻：深。知命：认识到是命中注定。

15　潘岳：西晋诗人，妻死，作《悼亡诗》三首，传诵人口。犹费词：对死者来说，还不是白费笔墨。

16　同穴:指夫妻死则同穴。穴,墓穴。窅(yǎo)冥:幽暗貌。

17　他生:犹言来世。缘会:姻缘遇合。期:期待,期望。句谓来世再做夫妻,更是渺茫的幻想。

18　唯将:只凭。长开眼:指彻夜不眠。作者时为鳏夫,故曰"长开眼"。

19　平生:指妻子生前。未展眉:愁苦状。妻子生前因生活艰难清苦,愁眉紧锁,故曰"未展眉"。

白居易

自河南经乱关内阻饥兄弟离散各在一处因
　望月有感聊书所怀寄上浮梁大兄於潜七
　兄乌江十五兄兼示符离及下邽弟妹

时难年荒世业空[1]，弟兄羁旅各西东[2]。
田园寥落干戈后[3]，骨肉流离道路中。
吊影分为千里雁[4]，辞根散作九秋蓬[5]。
共看明月应垂泪，一夜乡心五处同[6]。

　　作者怀着沉痛的心情，描绘出因战乱饥馑而骨肉分离的惨景，抒发了刻骨铭心的思乡之情。全诗不用典故，不事雕琢，语言平易，属对工稳，用常得奇，真切感人。苏仲翔曰："此诗与题意处处拍合，丝丝入扣，而一气流转，极自然宛畅之妙。出以口语，看似轻松，而沉痛在骨，白诗上乘也。"（《元白诗选》）

1　世业：祖传的家业。

2　羁旅：寄居做客。

3　寥落：冷落荒凉。干戈：犹言战乱。

4　吊影：自己形影相吊，形容孤单。古以雁行比喻兄弟，今兄弟离散,相隔千里,不能团聚,故曰"分为千里雁"。

5　九秋:秋季九十天,故云。蓬:飞蓬。秋枯根断,风吹飞转,比喻漂泊无定。

6　乡心:思乡之情。五处同:分散在浮梁、於潜、乌江、符离、洛阳五处的同胞兄弟,都在怀念故乡下邽。

李商隐

锦　瑟

锦瑟无端五十弦[1]，一弦一柱思华年[2]。
庄生晓梦迷蝴蝶[3]，望帝春心托杜鹃[4]。
沧海月明珠有泪[5]，蓝田日暖玉生烟[6]。
此情可待成追忆，只是当时已惘然[7]。

　　关于此诗主题，历代众说纷纭，有人主张悼亡说，是李商隐悼念爱妻之作；有人主张自伤说、自况说；有人则主张此诗乃"为一部诗集作解"（张采田《玉谿生年谱会笺》）。诗家之旨要在含蓄，此诗题旨之隐晦，已是众所知之。至于锦瑟、庄周、望帝、珠有泪、玉生烟等意象，究竟代表了哪一种社会现实、情感历程，想来诗人作诗之初，应无排列现象之思考。诗作既成之后，美感效应大大超乎作者意图，此亦为常识。李义山早年锐意仕进，却不幸卷入牛李党争，成为政治斗争中莫名其妙之牺牲品。以其才能比照其遭际，孰能不悲，孰能无慨！此诗作于晚年，回顾一生，作诗也好，仕宦也罢，至此不尽都如梦幻一般吗？故此诗人以多种富于暗示色彩、亦富于歧义的意象，创造出一个迷离惝恍的诗境，况人生邪？况诗集邪？作诗是作人生之诗，人生与诗作岂可两分？诗作由此而获得多种主题,予人无尽之想象、慨端,此正诗人诗心、人心之写照,岂必欲以一言一说尽其意而后快?

1　无端:没来由。五十弦:《世本》:"瑟,庖牺作,五十弦。"《史记·封禅书》:"太帝使素女鼓五十弦瑟,悲,帝禁不止,故破其瑟为二十五弦。"

2　柱:系弦的短木柱。华年:盛年。此句谓锦瑟之形、之乐,都令人感叹盛年不再、韶华易逝。

3　"庄生"句:语出《庄子·齐物论》:"昔者庄周梦为胡蝶,栩栩然胡蝶也。自喻适志与!不知周也。俄然觉,则蘧蘧然周也。不知周之梦为胡蝶与?胡蝶之梦为周与?"诗句隐旨迷离,或为状世事人生之惝恍变迁,令人无以判明真幻。

4　望帝:据晋人常璩《华阳国志·蜀志》记载:相传战国时蜀王杜宇称帝,号望帝。其相除水患有功,帝乃禅位,退隐西山,化为杜鹃。杜鹃啼声哀切,诗句以失国望帝将心事寄托在杜鹃身上,暗含悲悼之意。

5　珠有泪:《博物志》卷二载:"南海外有鲛人,水居如鱼,不废绩织。其眼能泣珠。"或说此乃据《新唐书·狄仁杰传》:"为吏诬诉,黜陟,使阎立本召讯,异其才,谢曰:'仲尼称观过知仁,君可谓沧海遗珠矣。'"即指贤能之士被遗忘于山野,不得擢用。

6　蓝田：山名，在陕西蓝田东，骊山之东阜，山出美玉，又名玉山。玉生烟：司空图《与极浦论诗书》引戴叔伦语曰："诗家之景，如蓝田日暖，良玉生烟，可望而不可置于眉睫之前也。"此借前人论诗语，抒发其仕宦之路可望而不可即的感慨。

7　可待：岂待。只是：单是。惘然：失意貌，不知所以。两句意谓上述感慨岂待今日追忆才产生，在当时就已令人不胜惘然了。

无　题

昨夜星辰昨夜风，画楼西畔桂堂东[1]。
身无彩凤双飞翼，心有灵犀一点通[2]。
隔座送钩春酒暖，分曹射覆蜡灯红[3]。
嗟余听鼓应官去，走马兰台类转蓬[4]。

　　显然，这是一首艳情诗。诗本二首，此为第一首，从第二首"偷看吴王苑内花"句推测，第二首中神龙见首不见尾的美人，正是诗人恋慕不已的对象。诗首二句，写诗人得见美人的时间、地点；昨夜星辰，画楼桂栋，暗示出美人之高贵、难以亲近；三、四句传达诗人的恋慕之情，虽不能互通款曲，所幸两心相通。这或者只是诗人深情之下一厢情愿的想象，却写得谦卑美好，无怪乎传诸人口、千年不歇。五、六句写欢乐的宴会情形，无望参与其中的诗人只能伫立楼下，在笑语喧哗中分辨自己恋慕的人儿。"春酒暖""蜡灯红"，都只是他的想象！末二句悲叹自己身为小官，必须听鼓应官，暗含相见实难的流连之情。诗作"情致缠绵，设色工丽，把可望而不可即的情境写出。构思奇妙，感慨深沉，圆转流美，精工富丽"（周振甫《李商隐选集》），是千百年来脍炙人口的爱情名篇。

1　"昨夜"二句:《尚书·洪范》:"星有好风。"含有好会之意。此二句乃点出宴乐的时间、地点,并隐指艳情。

2　彩凤:彩羽的凤凰。灵犀:古人视犀牛为通灵神兽,犀角中有髓质如白纹贯通,因以喻心意相通。二句谓虽身份、地位不同,但两情欣羡,内心相通。

3　"隔座"二句:据邯郸淳《艺经》载:"义阳腊日饮祭之后,叟妪儿童为藏钩之戏,分为二曹,以校胜负。"隔座送钩,一队用一钩藏在手内,隔座传送,使另一队猜钩之所在。射覆,《汉书·东方朔传》:"上尝使诸数家(方术家)射覆,置守宫(壁虎)盂下,射之,皆不能中。"颜师古注:"于覆器之下而置诸物,令暗射之,故云射覆。"二句描写灯红酒暖的宴乐场面。

4　听鼓应官:古代官府卯刻击鼓,召集官员上班,午刻击鼓下班。此指听鼓上班。鼓,更鼓。走马:跑马。兰台:《旧唐书·职官志》:"秘书省,龙朔(高宗年号)初改为兰台。"转蓬:蓬草遇风拔根而飘转,多以喻身世飘零。二句慨叹自己身世飘零,屈沉下僚。应官点卯,犹如转蓬。

隋　宫

紫泉宫殿锁烟霞，欲取芜城作帝家[1]。
玉玺不缘归日角，锦帆应是到天涯[2]。
于今腐草无萤火，终古垂杨有暮鸦[3]。
地下若逢陈后主，岂宜重问《后庭花》[4]！

　　诗为咏古之作，其中有虚拟之辞，有对照之辞，一改历来咏古之作的空洞伤嗟，尖辛地嘲讽了穷奢极侈、纵欲亡国的炀帝。诗中"于今"二句颇多感慨，故冯班曰："腹联慷慨。专以巧句为义山，非知义山者也。"（《玉谿生诗集笺注》卷三）李商隐固非专为巧句之人，专为巧句又难以表现朝代兴亡的感慨。诗作意象跳跃而线索明晰，讽刺尖利而不失委婉，可谓曲尽风人之致。杨逢春曰："此诗全以议论驱驾事实，而复出以嵌空玲珑之笔，运以纵横排宕之气，无一笔呆写，无一句实砌，斯为咏史怀古之极。"（《唐诗绎》）

　　1 "紫泉"二句：紫泉宫殿，代指长安。紫泉，即紫渊，唐人避高祖李渊讳改泉。紫渊为长安北水名。锁烟霞，谓烟霞笼罩，弃置已久。芜城，刘宋时鲍照因见广陵（即江都）故城荒芜，作《芜城赋》。作帝家，炀帝在江都大建离宫，欲以为都。

2 "玉玺"二句：玉玺，皇帝的玉印，代表皇权。缘，因为。日角，代指唐高祖。《新唐书·唐俭传》："高祖尝召访之，俭曰：'公日角龙廷，姓协图谶，系天下望久矣。'"日角即前额突出，饱满如日，古相士以为乃帝王之相。锦帆，《开河记》："炀帝御龙舟，幸江都……锦帆过处，香闻十里。"锦帆即指炀帝所乘华丽龙舟。

3 "于今"二句：大业十二年(616)，隋炀帝在东都景华宫征求萤火虫，夜出游山时放之，光彻岩谷。在江都亦修"放萤院"取乐。古人以为腐草生萤，"于今"句乃讽刺炀帝征萤事。炀帝又自板渚引河达于淮，河畔筑御道、树杨柳，名曰隋堤。"终古"句写隋亡后堤上唯有垂杨暮鸦，凄凉可感。

4 "地下"二句：《隋遗录》卷上："(炀)帝昏湎滋深，往往为妖祟所惑。尝游吴公宅鸡台，恍惚间与陈后主相遇，尚唤帝为殿下。后主舞女数十许，中一人迥美，帝屡目之，后主云：'即丽华也。'……因请丽华舞《玉树后庭花》。丽华徐起，终一曲。"两句谓，亡国的炀帝如果在阴间遇见陈后主，难道还要再观赏一曲《玉树后庭花》吗？

无题（二首）

来是空言去绝踪，月斜楼上五更钟[1]。
梦为远别啼难唤，书被催成墨未浓[2]。
蜡照半笼金翡翠，麝熏微度绣芙蓉[3]。
刘郎已恨蓬山远，更隔蓬山一万重[4]。

这是一首艳情诗。"梦为远别"乃一篇眼目，诗人思念一位远隔天涯的女子，会合无缘，只好托之于梦幻和梦醒后的追思。写得感情深沉，黯然魂销，充满浓郁的悲剧色彩。周策纵谓此诗乃商隐"自纪其经验，自抒其感情"（《与刘若愚教授论李商隐无题诗书》），当为可信。或谓诗为向令狐绹陈情而作，抒发政治上不得意的幽愤，可备一说。总之，诗写得很好，作情诗解读，缠绵深切；作政治陈情诗解读，亦婉转可感。

1　"来是"二句：上句写梦境的虚空，下句写梦醒时情形。空言，虚妄不实之言，约好相会而不来，故曰"空言"。绝踪，不见踪影。

2　"梦为"二句：谓因远别而积思成梦，梦中情伤别离，故悲啼不已，却难以唤回已去之人（因为毕竟是梦）；梦醒后，为思念之情所驱迫，墨未浓即已草成书信。

3 "蜡照"二句：蜡照，烛光。笼，笼罩。金翡翠，绣有金丝翡翠鸟的床被。麝熏，豪富之家常在香鼎内投放各种名贵香料，燃之以增香气，麝熏即麝香的芬芳之气。绣芙蓉，绣有芙蓉花的床帐。

4 刘郎：汉武帝刘彻。李贺《金铜仙人辞汉歌》："茂陵刘郎秋风客。"蓬山：即海上仙山蓬莱山。汉武帝醉心于求仙访道，曾派人出海访蓬莱山而未得，故"恨蓬山远"。下句则极言所思女子距己遥远，更加渺茫难寻。

颯颯东风细雨来，芙蓉塘外有轻雷[1]。
金蟾啮锁烧香入，玉虎牵丝汲井回[2]。
贾氏窥帘韩掾少，宓妃留枕魏王才[3]。
春心莫共花争发[4]，一寸相思一寸灰[5]。

此诗描写幽居女子对爱情的渴望和执着，以及追求幻灭后的深悲巨痛。首联以细雨轻雷之春景，隐喻春心萌动和对爱情的希冀。颔联以金蟾啮锁和玉虎汲井，喻指对爱情的执着追求。朱彝尊曰："锁虽固，香能透之；井虽深，丝能及之。"（《李义山诗集辑评》引）钱锺书释此联最为透辟："'金蟾'句当与义山《和友人戏赠》第一首'殷勤莫使清香透，牢合金鱼锁桂丛'，又《魏侯第东北楼堂郢叔言别》：'锁香金屈戊'合观。盖谓防闲虽严,而消息终通,愿欲或遂,无须忧蟾之锁门或炉(参陆友仁《砚北杂志》卷上),畏虎之镇井也。赵令畤《乌夜啼》:'重门不锁相思梦,随意绕天涯',冯梦龙《山歌》卷二《有心》:'郎有心,姐有心……啰怕人多屋有深。人多哪有千只眼,屋多哪有万重门!'足相映发。古希腊诗人有句'诱惑美人,如烟之透窗入户',《玉照新志》卷一载张生《雨中花慢》:'入户不如飞絮,傍怀争及炉烟!'莎士比亚诗'美人虽遭禁锢,爱情终能开锁',莫不包举此七字中矣!"(周振甫《李商隐选集》引《冯注玉谿生诗集诠评》未刊稿)颈联用贾氏窥帘和宓妃留枕两个典故,明写春心的不可遏制和对爱情的热烈追求。末联写春心被压抑的深痛和爱情幻灭的悲哀,但亦透露出春心无法压抑、永不泯灭的倔强,语奇笔重,凄艳欲绝。极其古拙,又极其新警,具有震撼人心的力量,与"春蚕到死丝方尽,蜡炬成灰泪始干"有异曲同工之妙。诗写爱情,亦隐寓身世之感,寄托着诗人政治追求屡屡受挫而产生的怨望与悲愤。

1　飒飒:风声。轻雷:司马相如《长门赋》:"雷殷殷而响起兮,声象君之车音。"纪昀曰:"起二句妙有远神,不可理解而可以意喻。"(《玉谿生诗说》)此语意双关。

2　金蟾(chán):蟾蜍形状的金属香炉。啮(niè):咬。锁:

香炉的鼻钮。玉虎：用玉石装饰如虎状的辘轳。丝：井绳。二句中"香"谐"相"，"丝"谐"思"。

3 贾氏窥帘：典出《世说新语·惑溺》："韩寿美姿容，贾充辟以为掾。充每聚会，贾女于青琐中看，见寿，悦之。"贾女与韩寿私通，后为父察觉，乃以女妻韩寿。宓（fú）妃留枕：《文选》曹植《〈洛神赋〉序》："黄初三年，余朝京师，还济洛川。古人有言，斯水之神，名曰宓妃。"李善注谓魏东阿王曹植求甄逸女不遂，为其兄曹丕所夺，是为甄后，后被郭后谗死。曹植"将息洛水上，思甄后，忽见女来，自云：'我本托心君王，其心不遂。此枕是我嫁时从嫁，前与五官中郎将（曹丕），今与君王。'遂用荐枕席，欢情交集"。植感而作《感甄赋》，魏明帝改为《洛神赋》，以宓妃喻甄后。二句谓贾氏爱的是韩寿年轻英俊，宓妃爱的是曹植才高八斗。

4 春心：求爱之心。

5 灰：灭，没有希望。

筹笔驿

鱼鸟犹疑畏简书，风云长为护储胥[1]。
徒令上将挥神笔，终见降王走传车[2]。
管乐有才真不忝，关张无命欲何如[3]。
他年锦里经祠庙，《梁父吟》成恨有余[4]。

　　诗作追怀先贤，并不一味歌功颂德。首二句写出诸葛孔
明生前的威望与死后的余烈之后，笔锋一转，指出孔明虽才，
然天不助贤，关、张已死，无人助成大业。"终见降王走传车"，
"《梁父吟》成恨有余"，诗人为他感到深深的怅恨。《武侯祠古
柏》诗云："玉垒经纶远，金刀（指刘氏）历数终。谁将《出师
表》，一为问昭融（昭融指昭天）！"同样也是哀叹孔明生不逢时。
常言说"惺惺相惜"，诗人未必有孔明之才，而其怀才不遇之
情，与诸葛孔明大业未竟之憾亦有相通之处。咏古亦咏己，感
慨强烈深沉，使人一唱三叹，味之不尽。

1　鱼：或作"猿"。简书：古代以竹简书字，称简书，此指军事
文书。储胥：木栅藩篱之类，用作守卫距障之用。二句意谓孔
明虽死，余威犹在。
2　徒令：空使。上将：此指诸葛亮。降王：指蜀后主刘禅。

走传车：魏元帝景元四年（263），邓艾伐蜀，刘禅出降，举家东迁洛阳。传车，驿站中准备的车。二句谓诸葛亮空然神机妙算，刘禅最终还是被人吞并了。

3　管乐：管仲与乐毅。管仲，春秋时辅佐齐桓公建立霸业。乐毅，战国人，曾帮助燕国大败强齐。真不忝（tiǎn）：真不愧。关张：关羽和张飞。关张无命：关羽守荆州，孙权派吕蒙袭破荆州，关羽兵败被杀；刘备伐吴，张飞为部将张达、范强所杀。二人皆非善终，故曰无命。二句谓孔明虽有管、乐之才，关、张已死，却也是独木难支，毫无办法了。

4　他年：往年。锦里：即锦官城，指今四川成都，城南有武侯祠。《梁父吟》：本乐府楚调曲名，盖言人死后葬入梁父（一作"甫"）山，为挽歌，慷慨悲凉。传说诸葛亮出山前，好为《梁父吟》，抒发自己怀才不遇的感慨。作者于大中五年（851）经过成都武侯祠时，作有《武侯祠古柏》诗，《梁父吟》指此。恨有余：遗恨无穷，兼指作者和诸葛亮。

无　题

相见时难别亦难，东风无力百花残[1]。
春蚕到死丝方尽，蜡炬成灰泪始干[2]。
晓镜但愁云鬓改，夜吟应觉月光寒[3]。
蓬山此去无多路，青鸟殷勤为探看[4]。

　　此诗作为艳情诗来读，其情味曲折，固是当行本色。起句"相见时难别亦难"，将一种相思两处悬的苦楚慨然说尽，直令人疑他后来如何续写，方能相称！其凝练沉厚，深切慷慨，使开篇气势便雄于同类绮错婉媚之诗。接之以"东风"句，何焯曰："言光阴难驻，我生行休也。"又引冯舒语云："第二句毕世接不出。"（《义门读书记》卷五十七）谓其意象经营出乎意料，而上承下启，眉目渐出，使他人即使穷其一生，亦难达如此笔致。及至颔联，忽出奇语，写痴情苦意，生死不渝，情缠绵而意沉痛，恳侧精诚，撼人心魄，可谓字字珠玑，千金不易，遂成千古传诵之名句。颈联仍写缠绵固结之情，却不重复，以更为具体之意象出之，题旨愈明，写情深挚。"晓镜""夜吟"等境，虽为艳诗中常见，而其恳切，令人玩味再三，不以为滥。收束之句，最忌流宕无力，诗人却请青鸟传信蓬山，凭空飞出，想象忽起。美则美矣，而情之无望正在这看似欣欣的幻想之中。

如此情致,令人读罢不忍掩卷。何焯谓其诗有"高情远识","顿挫曲折,有声有色,有情有味"(《义门读书记》卷五十七),此诗堪当此誉!故赵臣瑗盛赞:"言情至此,真可以惊天地而泣鬼神,《玉台》《香奁》,其犹粪土哉!"(《山满楼笺注唐诗七言律》卷四)

1 "东风"句:意谓正值暮春时节,百花凋零,春意阑珊,令人倍感伤情。

2 "春蚕"二句:蚕丝与蜡泪,以喻相思。丝与"思"谐音双关。古乐府《清商曲辞·子夜歌》:"春蚕易感化,丝子已复生。"庾信《对烛赋》:"铜荷承泪蜡,铁铗染浮烟。"二句谓人至死相思方止、泪水始干。

3 "晓镜"二句:谓晨妆时觉韶华流逝之快,夜吟时感月光凉如冰水,表达了惆怅、孤寂的相思情态。云鬓,女子浓密的头发。

4 "蓬山"二句:谓所思之人离此不远,可使青鸟去探视,传达殷殷情意。蓬山,海中仙山,此喻指女子居所。青鸟,传说中西王母座前传递消息之神鸟。

春　雨

怅卧新春白袷衣[1]，白门寥落意多违[2]。
红楼隔雨相望冷[3]，珠箔飘灯独自归[4]。
远路应悲春晼晚[5]，残宵犹得梦依稀[6]。
玉珰缄札何由达？万里云罗一雁飞[7]。

诗写春日思恋怀人的怅惘寥落情怀，由孤独失意，到重生希冀，再到幻灭失望，一波三折，烦恼便在这希望与失望之间起伏跌宕，愈来愈浓，撕扯不开，如同浓重的雨幕，压抑得人难以呼吸。诗以"春雨"为题，非专写自然之春雨，实写心灵之春雨；非写滋润万物之春雨，实写心灵迷茫之春雨。象与境暗暗契合，紧密无间，更兼富有辞采，读来婉转有致、缠绵悱恻，是描写失意情绪的佳作。

1　白袷(jiá)衣：白夹衣。
2　白门：南朝宋建都建康（今江苏南京），其西门称白门，盖因西方属金，金气白，故称白门。南朝民歌《杨叛儿》："暂出白门前，杨柳可藏乌。欢作沉水香，侬作博山炉。"白门，喻指男女欢会之所。意多违：失意惆怅。
3　红楼：富贵人家的居所。

4　珠箔（bó）：珠帘，此指细雨飘洒如珠帘。飘灯：灯在风雨中飘摇。

5　晼（wǎn）晚：宋玉《九辩》："白日晼晚其将入兮。"日落黄昏时称晼晚。

6　依稀：梦境迷离恍惚。

7　玉珰（dāng）：玉制的耳饰。缄札：书信。古人常以玉珰作男女信物，玉珰与信札同寄，称为"侑缄"。李商隐《燕台诗·秋》中有句云"双珰丁丁联尺素"，可为佐证。云罗：云薄如罗。二句谓虽欲传情达意，无奈难觅信使，万里云天只有一雁飞过。

无题（二首）

凤尾香罗薄几重，碧文圆顶夜深缝[1]。
扇裁月魄羞难掩，车走雷声语未通[2]。
曾是寂寥金烬暗，断无消息石榴红[3]。
斑骓只系垂杨岸[4]，何处西南待好风[5]。

　　此诗写女子在渴望中等待与心上人相会而久等不至的心
情。她与心上人匆匆一晤，未及通一语，然后便沦入长期的思
念、等待，终于失望，准备离开了。其中寄托着诗人对某个已
经错过的政治机缘的惋惜之情，也是长期怀才不遇的诗人伤
感的写照。

1　凤尾香罗：一种织有凤纹的薄罗。碧文圆顶：有青碧花
纹的圆顶罗帐。宋程大昌《演繁露》卷十三："唐人昏礼，多
用百子帐……盖其制本出戎虏，特罥庐拂庐之具体而微者
耳。"此即指唐人婚礼所用之百子帐。二句写女子深夜缝制
罗帐。
2　扇裁月魄：扇形如同圆月。语出东汉班婕妤《怨歌行》：
"裁为合欢扇，团团似明月。"羞难掩：乐府《答王团扇歌》："憔
悴无复理，羞与郎相见。"车走雷声：车声如雷。二句谓对方

驱车而过,自己团扇掩面,因羞涩而未能与之通言语。

3　曾是:已是。金烬暗:指烛已烧完,黯淡无光。断无:绝无。石榴红:即指酒,此喻合欢酒。二句谓女子独坐房内,直到蜡已成灰,仍没有好消息传来。

4　斑骓:毛色青白相间的马。系垂杨:柳树别称垂杨。系柳,暗指柳仲郢邀约诗人去做幕僚。

5　西南:《周易·坤》:"西南得朋,东北丧朋。"曹植《七哀诗》:"愿为西南风,长逝入君怀。"东川即在长安西南。

重帏深下莫愁堂,卧后清宵细细长[1]。
神女生涯原是梦,小姑居处本无郎[2]。
风波不信菱枝弱,月露谁教桂叶香[3]。
直道相思了无益,未妨惆怅是清狂[4]。

李商隐一生灰黯的仕途中,屡遭朋党疑忌与排挤,因而生出人生遇合如梦的感慨。诗中两联,寄托的很可能是此种心情。而尾联却说"直道相思了无益,未妨惆怅是清狂",其无望而执着,犹如人悲极而喜笑,催人泪下。冯浩说:"此种真沉沦悲愤,一字一泪之篇。"(《玉谿生诗集笺注》卷二)与上首一样,所写都是用世不能的悲愤。何焯曰:"义山《无题》数诗,不过自伤不逢,无聊怨题,此篇乃直露本意。"(《李义山

诗集辑评》卷二）

1　重帏：层层帷幕。莫愁：此指石城（今湖北钟祥）莫愁，喻指深闺未嫁之女子。清宵：寂静的夜间。二句谓重帏低垂，闺中静夜独卧，醒来后倍感夜长。

2　神女：即巫山神女。传说楚王曾与她在梦中幽会。小姑：乐府《神弦歌·青溪小姑曲》："小姑所居，独处无郎。"二句谓爱情上的遇合本来如同梦幻，感慨自己独处无郎、终身无托。

3　"风波"二句：谓自己柔弱如菱枝，偏遭狂风摧折；又徒具桂叶之美质，却无从得月露滋润而飘香。

4　直道：即使说。了无益：毫无益处。未妨：不妨。清狂：白痴。《汉书·武五子传·昌邑王髆》："清狂不惠。"颜师古注引苏林曰："不狂似狂者，故言清狂。"此指怀抱痴情，有如白痴。二句谓即使相思无益，亦不妨痴情终生。

温庭筠

利州南渡

淡然空水带斜晖[1]，曲岛苍茫接翠微[2]。
波上马嘶看棹去[3]，柳边人歇待船归。
数丛沙草群鸥散，万顷江田一鹭飞。
谁解乘舟寻范蠡[4]？五湖烟水独忘机[5]。

————

　　诗写日暮渡江情景，由人马急渡引起鸥鹭惊飞，又由鸥鹭忘机想到范蠡功成身退，层次井然，寓慨深沉。"谁解"，正是无人理解。"独忘机"，可见众人未忘机。这种无人知己的悲哀，正是宦途失意落寞心情的曲折反映。

————

1　淡然：水波动荡貌。斜晖：落日。

2　翠微：指青翠的山色。

3　棹：船桨，指船。

4　解：识得，懂得。范蠡：春秋时楚人，辅佐越王勾践灭吴，功成身退，乘舟泛于五湖。

5　五湖：说法不一，多指太湖，此泛指江湖。忘机：见前李白《下终南山过斛斯山人宿置酒》诗注。

苏武庙

苏武魂销汉使前[1]，古祠高树两茫然[2]。
云边雁断胡天月[3]，陇上羊归塞草烟[4]。
回日楼台非甲帐[5]，去时冠剑是丁年[6]。
茂陵不见封侯印[7]，空向秋波哭逝川[8]。

　　此诗五、六二句，对仗甚工，向为名句。沈德潜说："五、六与'此日六军同驻马'二联，俱属逆挽法。律诗得此，化板滞为跳脱矣。"（《唐诗别裁集》卷十五）但曰"逆挽"，尚属皮相之见。此诗下半，作者全拟苏武口吻。苏武回国，武帝已死，睹物思人，不禁回想壮年出使匈奴之种种情事。被留匈奴后，李陵劝降，武断然拒绝："武父子亡功德，皆为陛下所成就，位列将，爵通侯，兄弟亲近，常愿肝脑涂地。今得杀身自效，虽蒙斧钺汤镬，诚甘乐之。"（《汉书·苏武传》）对武帝感恩戴德，感情很深。今日封侯，武帝不得亲见，物是人非，感慨万千。回思武帝知遇之恩，不禁悲恸欲绝。哭逝川，哭武帝，也是哭自己。故何焯评云："五、六不但工致，正逼出落句。落句自伤。"（《瀛奎律髓汇评》卷二十八）

　　1 "苏武"句：昭帝即位后，匈奴与汉和亲，汉派使者到匈奴求还苏武等人,匈奴诡言武死,汉使诈称天子射猎上林苑,得雁足所系帛书,言武等在某泽中,匈奴才被迫遣武回国。此句即写苏武被囚匈奴十九年后乍见汉使时的情景。魂销:形容异常激动的样子。江淹《别赋》:"黯然销魂者,唯别而已矣。"此则写久别得归。

2　古祠:指苏武庙。茫然:无知貌。

3　雁断:指消息断绝。胡天月:指在匈奴的岁月。

4　陇上:丘垄之上。陇,通"垄"。此句指苏武牧羊匈奴。

5　回日:回归汉朝之时。非甲帐:言武帝已死。甲帐,汉武帝所造的帐幕。

6　去时:出使匈奴之时。冠剑:戴冠佩剑,代指人。丁年:壮年。苏武出使匈奴时整四十岁。

7　茂陵:汉武帝陵墓,在今陕西兴平东北,西安西八十里许。此代指武帝。苏武回国,诏"奉一太牢谒武帝园庙,拜为典属国,秩中二千石"。宣帝时,赐爵关内侯。

8　逝川:指时光流逝。

薛 逢

宫 词

十二楼中尽晓妆[1]，望仙楼上望君王[2]。
锁衔金兽连环冷[3]，水滴铜龙昼漏长[4]。
云髻罢梳还对镜[5]，罗衣欲换更添香。
遥窥正殿帘开处[6]，袍袴宫人扫御床[7]。

诗写宫妃望幸的微妙心情。首联总写望幸，十二楼、望仙楼，表明望幸宫妃之多。"尽晓妆"，是说所有宫妃一早起来都在乔装打扮，希冀君王临幸。颔联通过锁衔环冷、漏滴昼长的环境描写，表现宫妃们度日如年的孤寂凄冷生活。颈联通过宫妃的着意打扮，写其渴盼临幸的焦灼心情。末联用反衬手法，以普通宫人的接近皇帝，隐微曲折地透露出望幸宫妃的失望和绝望。通首只写"望君王"三字，而表现的却是望君王而不能近君王孤寂悲苦的复杂心情，从一个侧面反映了封建时代宫妃们的悲剧命运。

1 十二楼：相传黄帝时造五城十二楼，以候神人。晓妆：晨起梳妆。

2 望仙楼：楼字与上"十二楼"犯重，疑当作"台"字。汉文帝曾于陕州造望仙台,见前崔曙《九日登望仙台呈刘明府》诗注。《旧唐书·武宗本纪》亦载:会昌五年春正月,"敕造望仙台于南郊坛"。此"十二楼""望仙楼"非实指,乃代指宫妃的住处,而取其"候神""望仙"之寓意。

3　金兽连环:指宫门上的兽形门环。

4　漏:古计时器,以铜为之,亦称铜漏、漏壶。上饰龙形,故云"铜龙"。

5　罢梳:梳妆完毕。

6　遥窥:远远地窥望。

7　袍袴宫人:指穿短袍绣袴的宫女。袴,同"裤"。御床:皇帝睡床。

秦韬玉

贫　女

蓬门未识绮罗香[1]，拟托良媒亦自伤[2]。
谁爱风流高格调[3]？共怜时世俭梳妆[4]。
敢将十指夸针巧[5]，不把双眉斗画长[6]。
苦恨年年压金线[7]，为他人作嫁衣裳。

唐人写贫女诗很多。白居易《议婚》（一作《贫家女》）云："人间无正色，悦目即为姝。颜色非相远，贫富则有殊。贫为时所弃，富为时所趋。""富家女易嫁"，"贫家女难嫁"。这首诗写的也是这种不合理的社会现象，但意义更进一层。诗借一个未嫁贫女的倾诉，揭露了世俗追逐时髦、以富贵取人的陋习，而自标高格，坚守情操，以精于女工自持，不以艳妆媚俗。但自己年复一年地辛勤劳作，换得的却是"为他人作嫁衣裳"。这是含泪的控诉！作者的高明之处，是借贫女的不幸遭遇，倾诉了一切贫士生不得志的悲苦情怀，感慨深沉而又托兴委婉，因而较其他贫女诗更为广泛流传，最为后人称赏。沈德潜曰："语语为贫士写照。"（《唐诗别裁集》卷十六）俞陛云亦曰："此篇语语皆贫女自伤，而实为贫士不遇者写牢愁抑塞之怀。"（《诗境浅说》丙编）其"为他人作嫁衣裳"，更演变为成语而传诸人口，可见影响之深远。

1　蓬门：犹柴门，指贫女之家。绮罗：丝织品，指富贵家妇女的服饰。

2　拟：打算。良媒：善于说媒的人。

3　风流：仪表，风采。高格调：格调高雅。

4　共怜：大家都爱。俭梳妆：即险妆，意谓奇装异服，即所谓"时世妆"，最时髦的梳妆。《唐会要》卷三十一载：文宗太和六年（832）六月，"又奏：妇人高髻、险妆、去眉、开额，甚乖风俗，颇坏常仪，费用金银，过为首饰，并请禁断。其妆梳钗篦等，伏请勒依贞元中旧制"。《新唐书·车服志》亦载文宗即位，崇尚俭朴，下诏"禁高髻、险妆、去眉、开额及吴越高头草履"。俭，通"险"。

5　针：一作"纤"，一作"偏"。

6　斗：比，争。画：画眉。

7　苦恨：深恨。压金线：金线绣花，压是一种刺绣手法。

乐　府

沈佺期

独不见

卢家小妇郁金堂[1]，海燕双栖玳瑁梁[2]。
九月寒砧催木叶[3]，十年征戍忆辽阳[4]。
白狼河北音书断[5]，丹凤城南秋夜长[6]。
谁知含愁独不见，使妾明月照流黄[7]。

　　此诗明人何景明、薛蕙推为唐人七律第一，未免过誉，但许为初唐七律第一，可谓近之。诗全合律，而风调近古，可见七言歌行由六朝至初唐之演进轨迹。诗人以凄婉缠绵的笔调，描写长安少妇秋夜独居而思念征戍辽阳十年不归丈夫孤独愁苦的情怀，感人至深。诗开头两句，就以浓墨重彩描绘女主人公居室之华美富丽，而以"海燕双栖"反衬"卢家少妇"的孤独寂寞；接着又以寒砧木叶、城南秋夜的凄清景象，正面烘托"十年征戍忆辽阳""白狼河北音书断"的深思忧愁；最后以"明月照流黄"的鲜丽景色，映衬思妇"含愁独不见"的愁肠千结，语言虽未脱尽齐梁余习，但对比强烈、悲壮浑成，气势飞动，却是初唐少见的。

1　"卢家"句：梁武帝萧衍《河中之水歌》云："河中之水向东流，洛阳女儿名莫愁。……十五嫁为卢家妇，十六生儿字阿侯。卢家兰室桂为梁，中有郁金苏合香。"后遂以卢家妇代指年轻貌美之少妇。小妇，一作"少妇"，妾亦称小妇。郁金，即郁金香，一种珍贵香料，香气馥郁。

2　海燕：燕之一种，又名越燕，筑巢于梁间。玳瑁：一种似龟动物，背有花纹，甲片可作装饰品。玳瑁梁：即画有玳瑁斑纹的屋梁，或以玳瑁为饰的屋梁。

3　下叶：一作"木叶"。

4　辽阳：秦置辽东郡，汉因之，下设辽阳县。晋为辽东国。后地入高句丽为辽东城。唐太宗征高丽，克辽东城，以其地为辽州，高宗置辽城州都督府，其地在今辽宁辽阳一带。

5　白狼河：《水经注·大辽水》："辽水右会白狼水，水出右北平白狼县东南……白狼水又北径黄龙城东。""《魏土地记》曰："黄龙城西南有白狼河，东北流，附城东北下。'"即今大凌河。黄龙城，在今辽宁朝阳。

6　丹凤城：传说秦穆公之女弄玉，吹箫引来凤凰，降于秦京咸阳。后因以丹凤城为帝都的代称，亦称凤城、凤凰城。此指长安。唐长安，宫城在北，居民区在南。丹凤城南：即少妇所居。

7　谁知：一作"谁为"。使妾：一作"更教"。流黄：黄紫相间的丝织品，此指少妇所捣之衣物。二句写少妇对月怀人、捣衣不寐的凄苦情景。

五言绝句

王　维

鹿　柴

空山不见人，但闻人语响[1]。
返影入深林[2]，复照青苔上。

　　从诗的表面看去，诗人所着力描摹的，无非是山林的幽静。所谓"空山不见人"，正见林之幽深；"但闻人语响"句，则空谷足音，有声之中更衬托出山林之空旷寂静。末二句则写日将西垂而夕晖反照于青苔之上，有光有色，似静似动。前二句为总写山林幽静印象，后二句则选取透入林中的一缕夕晖与林中常见的青苔，以特写镜头深化山林幽静的主题。李锳曰："人语响是有声也，返景照是有色也。写空山不从无声无色处写，偏从有声有色处写，而愈见其空。严沧浪（羽）所谓'玲珑剔透'者，应推此种。沈归愚（德潜）谓其'佳处不可语言'。"（《诗法易简录》）而所谓"佳处不可语言"者，王士禛对此有精辟的说明："摩诘诗如参曹洞禅,不犯正位,须参活句。"(《师友诗传续录》之三十一) 这便是"诗佛"王维禅味诗的特色所在。

1　但:只。
2　返影:夕阳反照。影,一作"景",影本字。

竹里馆

独坐幽篁里¹，弹琴复长啸²。
深林人不知，明月来相照。

诗人在竹林深处弹琴长啸，看似幽暗寂寞，却有明月相照相伴。而诗人"独坐幽篁里"的情趣，除自得之外，似乎明月也有所体验。以无情物写有情，诗作成功地表现了一种幽居之乐，笔力浑成中，既出之以"一幅佳画"（吴烶《唐诗直解》），更凸现出一个"毋乃有傲意"（宋顾乐《唐人万首绝句选》评）的风流隐者形象。王维在政治上虽曾倾向于张九龄，但他为人圆转，锋芒不露。看多了宦海沉浮，既无力改变现状，又不愿同流合污，他就采取了消极自保的方法，以半官半隐、寄意佛老山水的生活表示自己的态度。他的辋川之作，或者禅味十足，或者清新可喜，而孤高自标之精神隐约可见，此一首即隐有此意。

1 幽篁：深邃阴暗的竹林。篁，竹林。
2 长啸：撮口而出声。《诗经·召南·江有汜》："其啸也歌。"成公绥《啸赋》："邈姱俗而遗身，乃慷慨而长啸。"《三国志·蜀志·诸葛亮传》注引《魏略》："每晨夜从容，抱膝长啸。"可知长啸与歌咏一样，是古人表达情感的特殊方式。

送 别

山中相送罢，日暮掩柴扉[1]。
春草年年绿，王孙归不归[2]？

这首绝句虽题为"送别"，而并不将"送行"场面写出，只截取"相送罢"情景，可谓独具匠心。"山中相送罢，日暮掩柴扉"，看似平常起居，淡然无味，而实则"居人之离思方深"（唐汝询《唐诗解》二十二），柴门既已关掩，而离思亦随之深蓄。至于离思有多深多厚呢？"春草年年绿，王孙归不归"，前句可视作送友人者对友人的情谊年年常存，并将因春草绿而深化；后句则在殷殷探问之中，将其深蓄之情和盘托出。二句以典故之深厚蕴藉，缓冲此情之殷切直露，可谓深得含蓄之要妙。

1 柴扉：柴门，言其简陋，以与山中隐居生活相称。
2 "春草"二句：从《楚辞·招隐士》"王孙游兮不归，春草生兮萋萋"化出，意谓到来年春草绿时，你回来不回来？南朝宋谢灵运《悲哉行》亦云："萋萋春草生，王孙游有情。"王孙，此处即指送别之人，非实指王孙贵胄。

相　思

红豆生南国¹，春来发几枝²？
愿君多采撷³，此物最相思。

　　诗人以红豆又名"相思子"，乃托物抒情而有此作，构思甚为巧妙。开篇第一句即直写红豆生于南国，暗寓所思之人亦在南国居处之意；"春来发几枝"句则千里寄问，看似无足轻重的无聊问语，而殷切挂念之情已经深蕴其中。末二句点出"红豆""相思"的双关意义，"我想念你"之情虽未直接道出，只是说"红豆可寄托相思，你多采一些吧"。表面似为直白平淡语，内里却蕴含了四重意义：我不能去看望你，你多采一些红豆，便当作那是我的思念吧；你不能来看我，多采一些红豆，便是你对我的深情厚谊了；你采的红豆越多，我对你的思念就越深厚；你采的红豆越多，你对我的友情也越深挚。两两相辅相成，可以说回味无穷。王维善于以淡笔写浓情，此诗即为典型。

1　红豆：相思木所结子，实成荚，籽粒大小如同豌豆，微扁，色鲜红而首黑，古时常用以比喻爱情或相思之情。

2　发几枝：又长出了几条新枝？

3　愿：希望，一作"劝"。采撷（xié）：摘取。

杂　诗

君自故乡来，应知故乡事。
来日绮窗前¹，寒梅著花未²？

诗中设定了一个问答氛围，却有问无答，令人仿佛看到了游子急切的面容，所谓"思乡之念，昭然若揭"（王文濡《唐诗评注读本》)。首二句"君自故乡来，应知故乡事"，似乎有无尽情事相询；末二句却继之以"来日绮窗前，寒梅著花未"，不问父母妻儿，不问兄弟姐妹，不问亲邻近友，只问梅花开了没有！首二句蕴蓄了极大的热切，似乎只要"泄洪闸"一开，便汹涌而出，末二句却出之以极闲极淡的一笔，且表面看来悖情逆理，似乎无情！果真无情吗？却又不由人不气血腾涌，凡游子皆能为之鼻酸心动。何也？古人称家乡为"桑梓"，盖因桑与梓乃古代住宅旁常栽的树木，《诗经·小雅·小弁》："惟桑与梓，必恭敬止。"此诗中梅树，当是王维诗心化用，虽非桑梓，亦当与桑梓同功。宋顾乐说得有理："如《东山》（按：即《诗经·豳风·东山》）诗'有敦瓜苦'章，从微物关情，写出归时之喜。此亦以微物悬念，传出件件关心、思家之切。"（《唐人万首绝句选》评）

1　来日：你来的那天，即从家乡动身的日子。绮窗：雕画美观的窗户。晋左思《蜀都赋》云："开高轩以临山，列绮窗而瞰江。"

2　著（zhuó）花未：花开了没有？

裴 迪

送崔九

归山深浅去[1]，须尽丘壑美[2]。
莫学武陵人，暂游桃源里[3]。

　　这首诗是送人归隐的，因为同是喜好山林隐居的雅士幽人，所以裴迪在诗中叮嘱崔九，不要只是暂居山林，而应该长住下来，尽情领略丘壑之美。据唐人刘肃《大唐新语·隐逸》记载：唐卢藏用始隐终南山中，至中宗朝以高士名得仕，累居要职。有道士司马承祯曾被皇帝召见，将还山，卢藏用指终南山曰："此中大有佳处。"承祯徐答曰："以仆所观，乃仕宦之捷径耳。""终南捷径"遂用以比喻求官职名利的捷径。"终南捷径"之风，在唐代很盛，大诗人李白也曾试过此"径"，一般的文人更可想而知。旋隐旋仕，清高之士以为是缺乏操守，故而不齿。"莫学武陵人，暂游桃源里"，带有明显的谐谑意味，很可能是假借"武陵人"影射走"终南捷径"之徒，同时也是对友人的忠告。

1　归山：回到隐居的山中去，山指终南山。深浅去：山中道路崎岖难行，走路时必然深一脚浅一脚，故云"深浅去"。

2 尽:穷尽。丘壑:深山幽谷,泛指隐居之处。

3 "莫学"二句:用陶渊明《桃花源记》典故。《桃花源记》中称,晋太元中,武陵郡渔人入桃花源,见洞中居民生活情形,绝世离尘,俨然另一个世界。后因以"桃源"泛指清静幽美、避世隐居之地。此二句是说:不要学那武陵渔人,在桃花源里只呆了几天便走了。

祖　咏

终南望余雪

终南阴岭秀[1]，积雪浮云端。
林表明霁色[2]，城中增暮寒。

　　应试之诗，要在扣题。"终南望余雪"，要紧处在一个"余"字，祖咏把这个字融进诗里去了。杨逢春评得好："此题若庸手为之，必刻画残雪正面矣。作者首句点终南，透出所以有残雪之故，二点望残雪，三、四只用托笔写意，体格高浑。'明'字、'增'字，下得着力，言霁色添明，暮寒增剧也，中有残雪之魂在。"（《唐诗偶评》）诗尤妙在不仅写出望见之景，更写出感觉之"景"："城中增暮寒"，此为诗题要求所无，却是情理之中所必有。若庸手为之，难以及此。无怪乎王士禛在《渔洋诗话》中，将之与陶渊明、王维等人的雪诗并列，赞为"古今雪诗"之"最佳"。

1　阴岭：背阴的山岭，即山岭北坡。
2　林表：林外，树林上空。明：闪耀光亮，此处指积雪反光。霁（jì）色：雨雪初晴之景色。霁，本意为雨止，后凡雨雪止、云雾散，皆曰霁。

孟浩然

宿建德江

移舟泊烟渚[1]，日暮客愁新[2]。
野旷天低树[3]，江清月近人[4]。

————　诗写羁旅之思，本属唐诗中常见之作。首二句点出泊船靠岸，客中人因暮色苍茫而生惆怅。乍读似平淡无味，细味之，则唯有"日暮"方有"烟渚"，唯有"烟渚"才使客中人愁思弥漫。更有一个"新"字，凭空出语，似无来历，又似在情理之中。是因为初到建德，是第一次远行，还是此前心情已有变化，等等等等，令人玩味不已。虽然词句锤炼精到如此，二句读来却明白如话，毫无做作生涩之处。末二句上承"客愁"，"写景而客愁自见"（沈德潜《唐诗别裁集》卷十九），其"野旷"与"天低"、"江清"与"月近"皆相辅相成，浑然天成。尤其是江清句，有李白《夜思》"举头望明月，低头思故乡"意，而更为含蓄，只可意会，不可言传。孟氏山水诸作，多能于了然无痕中见功夫、淡然中见隽永，该诗亦可见此特色。

————　1　烟渚(zhǔ)：烟雾迷蒙的小洲。渚，水中的小块陆地。

2 客愁：作客他乡的惆怅。

3 "野旷"句：是说因为原野空旷无边，只有萧疏的几棵树木点缀，故而天树相接处，似乎天比树低，乃极写空旷之境。

4 "江清"句：谓江水清澈，月影澄明，以在水中离人近而生亲切之感。

春　晓

春眠不觉晓，处处闻啼鸟[1]。
夜来风雨声[2]，花落知多少？

　　诗中两用倒装手法，而能自然无痕。首句写春睡甜酣以
至不知天明，紧接着又"处处闻啼鸟"，乃鸟啼惊梦之意，却并
无惊破好梦的嫌恶之情，似是不觉中自己醒来，闻鸟鸣而悟
天明，实则"闻"在前，"悟"在后。此处为倒装一也。第三句
"夜来风雨声"，既然有"春眠不觉晓"之甜酣，又何从知夜来
风雨，似乎突兀；第四句"花落知多少"，想来定是起床后见
花落满地，始悟一夜风雨。至此，方知首句"不觉晓"之甜酣
为真实。此处为倒装二也。而此诗又岂仅卖弄精巧之作，赞
春眠之酣，惜春归匆匆，幽居自适，忧乐自为，种种生活情趣，
未全言之而全蕴其中，使人品味无尽。

1　"春眠"二句：谓春睡中不知天已明，是处处鸟鸣使人惊醒。
2　夜来：昨夜。

李　白

夜　思

床前明月光，疑是地上霜。
举头望明月，低头思故乡。

　　这是一首著名的抒情小诗，虽说是平常的思乡之作，却
赢得历代诗评家赞赏不已。钟惺说："忽然妙景，目中口中凑
泊不得，所谓不用意得之者。"(《唐诗归》)黄生则说："思乡
诗最多，终不如此四语之真率而有味。"又："此信口语，后人
复不能摹拟，摹拟便丑。"又："语似极率易，然细读之，乃知
明月在天，光照于地，俯视而疑，及举头一望，疑解而思兴，思
兴而头低矣。回环尽致，终不得以率易目之。"(《唐诗摘抄》)
钟惺强调此诗灵感兴会，偶然天成。黄生则赞叹其似率而曲。
综合二者，小诗之妙尽在其中。

怨　情

美人卷珠帘¹，深坐颦蛾眉²。
但见泪痕湿，不知心恨谁。

乍读此诗，犹见白描仕女图：珠帘高卷，闺房深处一美人
蹙眉静坐，脸上泪痕未干。这本是常见之思妇怨女，似乎并无
值得品味之处。而读罢却又有勾连未尽之意，何也？李攀龙
一语破的："不知恨谁，最妙！"（《唐诗训解》）而"最妙"处
又能隐于诗中，使人"浑浑无句可摘"（邢昉《唐风定》），不由
人不叹为"神物"（同上）。

1　卷珠帘：有所等待的动作情态。珠帘，用珍珠缀饰的帘子。
2　深坐：坐于幽暗深邃之处。颦（pín）：皱眉。蛾眉：蚕蛾的
触须细长似人眉，故用以比喻女子长而美的眉毛。

杜　甫

八阵图

功盖三分国[1]，名成八阵图。
江流石不转[2]，遗恨失吞吴[3]。

杜甫对诸葛亮是无限敬仰的，开头即以两个精巧工整的对偶句，盛赞他的丰功伟绩，而特标出八阵图以应题。诚如成都武侯祠的碑刻所说的："一统经纶志未酬，布阵有图诚妙略。""江上阵图犹布列，蜀中相业有辉光"。于是最后两句深致悲悼惋惜之意，融怀古与述怀为一体，虽参议论，但富于浓郁的抒情色彩，发人深思，余味无穷。

1　三分国：指魏、蜀、吴三国。三国之中，曹操和孙权都有所凭藉，唯独诸葛亮辅佐刘备，白手起家，据蜀与魏、吴鼎足而三，故曰"功盖三分国"。盖：超，越。
2　"江流"句：年深日久，江流冲击，八阵图却屹然不动，故曰"石不转"。
3　"遗恨"句：此句向来解说不一，约有四说：以不能灭吴为恨；以刘备征吴失计为恨；诸葛亮不能谏止刘备征吴之举，自以为恨；刘备征吴而不知用八阵图法，致使失败，故以为恨。

当以第一说近是。高步瀛说："失吞吴犹言未能吞吴耳。以武侯如此阵图而不能吞吴,真千古遗恨,故精诚所寄,石不为转,大意与'出师未捷'二句同一感慨。"(《唐宋诗举要》卷八)

王之涣

登鹳雀楼

白日依山尽[1]，黄河入海流。
欲穷千里目[2]，更上一层楼[3]。

　　诗一、二句写鹳雀楼地势：前有中条山，下为黄河，登楼见白日西沉，黄河东流，是实写地势之高，所见之远；三、四句则转为虚笔，原来前之所见，并非最高处所见，暗中将楼之高更推进一步，更上层楼的景致，则留待读诗人自家想象。整首诗写得气势阔大，无怪吴烶说："有天空海阔之怀，方能道此旷达之句，李益、畅当皆不及。"（《唐诗直解》）俞陛云曰："凡登高能赋者，贵有包举一切之概。前二句，写山河胜概，雄伟阔远，兼而有之。……后二句，复余劲穿札。二十字中，有尺幅千里之势。"（《诗境浅说》续编）而后二句以其蕴含哲理，成为千载广为流传的名句，给人以巨大的鼓舞力量。

1　白日：太阳。依山尽：太阳落山。

2　千里目：形容放眼而望，远达千里。

3　更：再。

刘长卿

送灵澈

苍苍竹林寺[1]，杳杳钟声晚[2]。
荷笠带斜阳[3]，青山独归远。

———　这一首送别诗，并不写离情别绪，只以简笔素描画出高僧背影：身背斗笠，独归青山。远远映之以苍苍竹林、无边夕照，更有悠远寺钟荡于画面之上，真有飘然出世之感。诗中又注重呼应之法，"远"应"杳杳"，"斜阳"应"晚"，仅二十字，而回环映照，精警凝练，真不愧为"五言长城"。至于景中含情，杨逢春说得好："景则从去一边写，神则从送一边传，不写别情，正尔凄情欲绝。"（《唐诗偶评》）"凄情欲绝"有些过分，但以景带情，刘长卿此诗是成功范例！

———　1　竹林寺：据李延寿《南史》载，黄鹄山（今武汉蛇山，又名黄鹤山）北有竹林精舍；又今江苏镇江市有竹林寺，应为后者。
2　杳杳：深远幽暗貌，此指钟声幽远渺茫。
3　荷（hè）笠：背着斗笠。荷，背负。

弹 琴

泠泠七弦上[1]，静听松风寒[2]。
古调虽自爱，今人多不弹[3]。

诗人此诗是借弹琴抒发其不得志于当世、不被人理解的苦闷情怀。杨逢春以为"借琴感诗体之衰靡也。首二为琴写照，即为己诗写照，谓犹存正始之音，所以古调自爱也"（《唐诗偶评》），亦无不可。整首诗语言精简浅白，而托兴深邃，吴瑞荣慨然叹曰："如置身高山流水之间。"（《唐诗笺要》）

1　泠（líng）泠：声音清脆。七弦：琴有七弦，因以七弦为琴之代称。
2　松风寒：风声入松，其音凄寒。此处指琴声清冷。又，古琴曲有《风入松》。
3　古调：古乐调。二句意谓自己孤芳自赏，言行不合时宜。

送上人

孤云将野鹤[1]，岂向人间住？
莫买沃洲山[2]，时人已知处[3]。

　　这首诗描写送人归隐。首二句是赞他飘然出尘，与世俗不同；后二句则以沃洲山久已知名，不可再隐，暗讽如归隐不坚，或有"终南捷径"之嫌。诗意与裴迪《送崔九》诗"莫学武陵人，暂游桃源里"近似。

1　将(jiāng)：与，和。孤云野鹤，比喻闲逸逍遥之人。张祜《寄灵澈诗》则云："独树月中鹤，孤舟云外人。"可见多用以指超出尘外的僧人。此指题中"上人"。

2　沃洲山：在今浙江新昌县东。传说晋时高僧支遁(字道林)曾居于此，有放鹤峰、养马坡等，为支遁遗迹，故而知名。此句化用支遁买山故事，据《世说新语·排调》："支道林因人就深公买印山。深公答曰：'未闻巢、由买山而隐。'"后以买山指归隐。

3　时人：当世之人。

韦应物

秋夜寄丘员外

怀君属秋夜[1]，散步咏凉天。
空山松子落[2]，幽人应未眠[3]。

——

这首秋夜怀人诗，前二句就自己说，秋夜、凉天，均眼见身边之景；后二句就对方写，松子空落，幽人未眠，皆意中遥想之景。古雅闲淡，语浅情深，风格颇似王维。沈德潜叹为"幽绝"（《唐诗别裁集》卷十九），故施补华誉为"清幽不减摩诘，皆五绝之正法眼藏也"（《岘傭说诗》）。而全诗意境，与后苏轼之《记承天寺夜游》，实有异曲同工之妙。

——

1　君：指丘员外。属：恰逢。
2　山：指临平山。韦应物有《送丘员外归山居》《重送丘二十二还临平山居》等诗。松子：《列仙传》卷上：偓佺"好食松实，能飞行逐走马。以松子遗尧"。
3　幽人：隐士，指丘员外。

李　端

听　筝

鸣筝金粟柱[1]，素手玉房前[2]。
欲得周郎顾[3]，时时误拂弦[4]。

　　诗题为"听筝"，不写听筝，只描摹弹者情态："银筝玉手，相映生辉，尚恐未当周郎之意，乃误拂冰弦，以期一顾。"（俞陛云《诗境浅说》续编）将女儿家心事写得曲折婉转、纤毫毕现，不愧"捷丽"之称。

1　柱：系弦的小木柱，柱以金粟饰之，故曰"金粟柱"，形容筝之华贵。

2　素手：洁白的手。玉房：《汉书·礼乐志》载《郊祀歌》："神之出，排玉房。周流杂，拔兰堂。"此指豪华精美的居室。

3　周郎：周瑜。顾：回头。周瑜精通音律，当时有"曲有误，周郎顾"之语，是说乐队演奏时，周瑜能分辨其中细微的错误，便会回头去看那出错之人（《三国志·吴志·周瑜传》）。

4　时时：常常。误拂弦：故意将曲子弹错。

王　建

新嫁娘

三日入厨下，洗手作羹汤[1]。
未谙姑食性[2]，先遣小姑尝[3]。

　　俗言"新媳妇难当"，在传统社会尤其如此。此诗中的新妇，在三日下厨之时，却巧妙地想出了"先遣小姑尝"的办法，间接了解婆婆的口味。可想而知，这个聪慧的媳妇，一定能够"首战告捷"，赢得婆婆的称许欢心。诗作平淡中有古致，只因"从世情上得来，真实语便是古意"（徐用吾《精选唐诗分类评释绳尺》）。诗作亦从侧面反映了传统社会妇女地位的低下，或者也可理解为对封建官场的婉转讽刺。总之，诗虽浅易，寄兴深远。

1　古代妇女嫁后第三天称"三朝"，依习俗要下厨做饭。羹（gēng）汤：此处泛指饭菜。

2　谙（ān）：熟悉。姑：丈夫的母亲。食性：口味。

3　遣：使，让。小姑：丈夫的妹妹。

权德舆

玉台体

昨夜裙带解，今朝蟢子飞[1]。
铅华不可弃[2]，莫是藁砧归[3]？

诗描写一闺中思妇，忽然连见"喜兆"：裙带自解，蟢子出现，不禁惊喜自疑：丈夫要回来了？于是"亲研螺黛，预贮兰膏"（俞陛云《诗境浅说》续编），可见在此之前，她正像《诗经·卫风·伯兮》中的女主人公一样："岂无膏沐，谁适为容？"于是就"首如飞蓬"了。女子眷恋丈夫之情，宁如此深挚。两见"喜兆"，即自信丈夫将归，其事可信，其情可悯！呜呼！二十字小小"喜剧"，包含多少思妇之悲剧！

1　蟢（xǐ）子：蜘蛛的一种，即蟏蛸，又名壁蟢、壁钱、喜子、喜蛛、喜母。此二句是指女主人公将裙带自解，蟢子出现都视为喜兆。

2　铅华：搽脸的粉。

3　莫是：恐怕是，莫不是。藁砧：古代处死罪，罪人席藁伏于砧上，以铁斩之。铁与"夫"同音，故"藁砧"为"丈夫"隐语，后世沿用以为丈夫代称。

柳宗元

江　雪

千山鸟飞绝[1]，万径人踪灭[2]。
孤舟蓑笠翁[3]，独钓寒江雪。

柳宗元参加王叔文集团的政治革新活动，终以王叔文先贬后杀、柳宗元等八人贬为远州司马（即"八司马事件"）而惨败。作为一个政治上有抱负、有才华的人，柳宗元的内心世界所受的冲击是可想而知的。永州地处偏远，当时是很荒僻的，柳宗元深感自己如同被流放的囚徒。他曾写过一篇《吊屈原文》，自比屈原，痛斥群小，表示了自己"服道以守义""蹈大故而不贰"的情操，可以说，《江雪》即是诗人此种情操的形象写照。诗歌创造了一个"鸟飞绝""人踪灭"的绝对幽寂的背景，在这背景上矗立着一个独钓寒江的"蓑笠翁"。其心情之孤苦可知，其情操之自坚可知！历来评论家，多以为柳宗元只是以此寓世态寒凉、宦情孤冷之意，谁知柳宗元并非就此看破红尘、消极避世。他苦闷、孤独，而并不完全绝望。寒江垂钓，明知不可为而为之，隐隐透射出一种对抗顽固势力的斗士精神，意境的寂灭，使这种精神蒙上一层"基督受难式"的光彩。柳宗元后来虽然研究佛学很入迷，但他一直未曾放弃匡世济民的儒家主张,至死都在同政治上的孤独作战!《江雪》,在此种意义上仿佛是诗人一生不幸的谶语,更是诗人一生的写照!

1　绝:尽。句谓所有山上的鸟儿都不见了。

2　人踪灭:不见人的踪迹,即不再有人行走。

3　蓑(suō):雨具,即蓑衣。笠:笠帽,用以御雨。

元　稹

行　宫

寥落古行宫[1]，宫花寂寞红。
白头宫女在，闲坐说玄宗[2]。

———

历代诗论家有将此诗与白居易《上阳白发人》、王建《宫词》百首相比者，以为后二者不及此，固有偏颇。而此诗一味白描，不为褒贬而含意深广，诚白、王二人所不能及。行宫本是奢华之所，如今只剩下"宫花寂寞红"，红得刺目；又掩映"白头宫女"，白得伤心，红白对比，真令人凄然绝倒。而"闲坐"二字，其弃置可知！"一闭上阳多少春"（白居易《上阳白发人》），白氏此叹固有深切动人处，惜伤于直露。而元稹此语，"说玄宗，不说玄宗长短"（沈德潜《唐诗别裁集》卷十九），含蓄未尽，可谓"语少意足，有无穷之味"（洪迈《容斋随笔》卷二）。

———

1　寥落：寂寞冷落。
2　玄宗：唐明皇李隆基的庙号。

白居易

问刘十九

绿蚁新醅酒[1]，红泥小火炉。
晚来天欲雪[2]，能饮一杯无[3]？

———

天晚欲雪，诗人很想找个朋友来聚一下，乃提笔写下这首小诗，问刘十九能不能来。本是生活小事，却因妙笔生花，写得饶有情趣。首二句告诉友人：我这儿有家酿新酒，还有暖和的火炉。紧接着，与这么好的物质条件相对的是"晚来天欲雪"，快下雪了，围着炉子喝酒是何等惬意之事！至此，想必人人都会动心，而诗人似乎也"自为得计"，洋洋自得而又深情殷殷地发出邀请：你能来喝一杯吗？以问句作结，似是不自信友人能来，实则颇有"稳操胜券"之感，"千载下如闻声口也"（俞陛云《诗境浅说》续编）。可谓妙评！

———

1　绿蚁：酒上浮起的绿色泡沫，因似蚁状，故名。也用作酒的代称。醅（pēi）：未过滤的酒。

2　晚来：傍晚。

3　无：犹"否"，表示疑问。

张 祜

何满子

故国三千里[1]，深宫二十年。
一声《何满子》[2]，双泪落君前[3]。

历来宫怨诗颇多，诗人们皆注重含蓄，从侧面去反映宫女的不幸生活。张祜偏偏反其道而行之，句句都是实语，字字皆为实情，可谓声声血泪，我亦欲哭！《何满子》本是悲歌，"以断肠人闻断肠声，故感一声而泪落也"（黄叔灿《唐诗笺注》）。更加之张祜一生屡被压抑，其情固与宫怨不同，伤心人却必有相通之处，二十字，字字都似从肺腑间出，宜乎其感人至深。据说此诗在宫女中传唱颇广，大诗人杜牧推崇备至，在酬张祜的一首诗中说："可怜故国三千里，虚唱歌词满六宫。"其中除了赞扬，也有嗟其不遇之慨。

1 故国：故乡。三千里：极言遥远。
2 何：一作"河"。
3 君：皇帝。

李商隐

登乐游原

向晚意不适[1]，驱车登古原[2]。
夕阳无限好，只是近黄昏。

关于此诗，历来评论者解"只是"二字为"怎奈""但是""只不过"，以为此诗表达的是一种感慨时光流逝的感情，并以李商隐同题七绝为证："万树鸣蝉隔断虹，乐游原上有西风。羲和自趁虞泉宿，不放斜阳更向东。"这种解释也可以成立。今人周汝昌则以为，"只是"一词当释为"就是（正是）"，并以《锦瑟》诗句"此情可待成追忆，只是当时已惘然"为证，从而认为此诗抒发的是一种"天意怜幽草，人生重晚晴"（李商隐《晚晴》）的积极情绪（参见《唐诗鉴赏辞典》）。似乎亦无不可。而参读全诗，"夕阳无限好"句为正面颂扬，语气已结，下接句应以转折意为佳，即下句应释为"可惜快要落山了"。小诗语言平直朴素，却创造出一个遍地金黄的美好境界，并将淡淡的感伤寄寓其中，情思抑扬尽致，令人含咀不尽。

1　向晚：傍晚。意不适：心情不好。适，惬意舒适。
2　古原：指乐游原。

贾　岛

寻隐者不遇

松下问童子[1]，言师采药去。
只在此山中，云深不知处[2]。

　　此诗寓问于答，词简意深，白描无华，一片天机自然。吴瑞荣曰："此首似盛唐音调，极浅近，极幽微。孩提时烂熟口头，垂老或不能窥其门径，真妙制也。唐人访隐者不遇诗，总以此为上。"（《唐诗笺要》）。

1　松：《文苑英华》作"花"。
2　处：此指行踪。

李　频

渡汉江

岭外音书绝[1]，经冬复立春。
近乡情更怯[2]，不敢问来人[3]。

———　这是一首别致的怀乡诗。诗人远贬岭南，今得潜归，本应高兴才是。但他却在"近乡"之时忽然情怯，"不敢问来人"。为什么呢？是怕家乡变化太大，还是怕家中人有什么变故？还是……？诗人未曾明说，只留下一个似喜还惧、忧喜交并的形象，而远谪之苦、思乡之切，尽在这犹疑之中。

———
1　岭外：五岭以南地区。
2　近乡：快到家乡。怯：畏缩不前貌。
3　来人：从家乡方向来的人。

金昌绪

春　怨

打起黄莺儿，莫教枝上啼[1]。
啼时惊妾梦，不得到辽西[2]。

　　思妇念远，乃唐人惯作之什。此诗却从"打起黄莺儿"入手，真是劈空奇语，新鲜可爱，语言灵动，少妇娇憨痴愚之态满纸皆是；意境含蓄，凄怨之情尽在"不得"二字之中！连梦中亦不得与日思夜想之人相会，岂不可恼！"写闺情至此，真使人柔肠欲断"（王尧衢《古唐诗合解》）。王世贞评曰："不惟语意之高妙而已，其篇法圆紧，中间增一字不得，著一意不得，起结新绝，然中自舒缓，无余法而有余味。"（《艺苑卮言》卷四）

1　黄莺：即黄鹂。莫教：不让。南朝乐府民歌《读曲歌》："打杀长鸣鸡，弹去乌白鸟。愿得连冥不复曙，一年都一晓。"此化用其意。
2　不得：不能。辽西：郡名，秦时置，属幽州，辖境相当于今河北迁西县、乐亭县以东，长城以南、大凌河下游以西地区。古来即征戍之地。诗中辽西，当系泛指征戍之地。

西鄙人

哥舒歌

北斗七星高[1]，哥舒夜带刀。
至今窥牧马[2]，不敢过临洮[3]。

———　哥舒翰戍边，勇悍闻名，功勋卓著，在边民眼中，他是一个英雄。诗一、二句将之与"北斗七星"并举，就反映了边民的敬仰之情，并刻画出了一个顶天立地的大英雄形象。三、四句则歌颂他守边得力，使吐蕃不敢再犯，寄寓了边民对他的怀念和对和平的向往。小诗出自边民肺腑，矢口唱出，沈德潜以为"与《敕勒歌》同是天籁，不可以工拙求之"（《唐诗别裁集》卷十九）。

———

1　北斗七星：在北天排列成斗形的七颗亮星，即今大熊星座的七颗较亮的星，常用以指示方向。

2　窥牧马：指吐蕃人伺机侵掠边地。窥，暗中偷看。

3　临洮（táo）：指临洮军，即今甘肃临洮。

乐　府

崔　颢

长干行（二首）

君家何处住？妾住在横塘[1]。
停船暂借问[2]，或恐是同乡[3]。

　　诗写一女子漂泊异乡，见有船只经过，疑从家乡方向来，乃停船借问，期冀能遇上同乡。按情理度之，必停舟在前，发问在后。诗作故以问语置于首二句："你家住哪儿？我是横塘人。"与人素不相识而动问，并自通里籍，似觉唐突，而其乡情之切，扑面而来。虽为俚语，"绝无深意，而神采郁然"（吴乔《围炉诗话》卷二）。

1　妾：古代妇女对自己的谦称。横塘：地名，在今江苏南京市西南。宋张敦颐《六朝事迹·江河门》："吴大帝时，自江口沿淮（今秦淮河）筑堤，谓之横塘。"与长干相近。
2　借问：向人询问。
3　或恐：恐怕，也许。

家临九江水[1]，来去九江侧。
同是长干人，生小不相识[2]。

——　上一首女子问，这一首男子答。原来他家在九江水边，一直在那一带来往，果然是同乡。故事至此达到了高潮：异地他乡，遇上了乡亲，这该是多么令人兴奋的事。而诗作并未顺此描写二人欣喜侥幸之情状，却笔锋一转："同是长干人，生小不相识。"潜台词是：相逢恨晚。这就将高潮更推前一步，却又不说尽，给读者留下广阔的想象空间，真是余味无穷！

——　1　九江：长江水系的九条河，有多种说法。此处泛指长江下游一带。
　　2　生小：幼年。

李 白

玉阶怨

玉阶生白露[1]，夜久侵罗袜[2]。
却下水精帘[3]，玲珑望秋月[4]。

　　这是一首宫怨诗，诗中女子夜间立于玉阶之上，不知是在迎候君王驾幸，还是在怨艾王驾不至？作者没有点明，只是用白露生阶、罗袜已湿的细节描写，告诉我们她在外面站了很久。夜深了，万籁无声，只有一轮明月照着这个楚楚可怜的美人儿。玉阶与水精帘，显见得她置身富贵之地，而隔帘犹望秋月，真如鸟囚金笼。其无限幽怨之情，只在"玲珑望秋月"五字里！萧士赟评曰："太白此篇，无一字言怨，而隐然幽怨之意见于言外，晦庵（朱熹）所谓圣于诗者欤？"（《分类补注李太白集》）

1　白露：指秋天的露水。
2　夜久：夜深。罗袜：质地轻软的丝织袜。句谓露水渐渐打湿了袜子。
3　水精帘：形容质地精细、色泽莹净的帘子。
4　玲珑：空明貌，此处形容隔帘望月、月轮空明可爱的样子。

卢　纶

塞下曲（四首）

鹫翎金仆姑¹，燕尾绣蝥弧²。
独立扬新令³，千营共一呼。

诗作描写大将独立将台、发号施令的情形。首二句写兵器精良，军容整肃；三、四句专写大将威严，所谓令出山岳动。"寥寥二十字中，有军容荼火之观"（俞陛云《诗境浅说》续编）。

1　鹫翎：雕翎做的箭羽。鹫（jiù），雕一类猛禽。翎，鸟翅膀上或尾巴上的长羽毛。金仆姑：箭名。《左传·庄公十一年》："乘丘之役，公以金仆姑射南宫长万。"
2　燕尾：旗帜形似燕尾的部分。蝥（máo）弧：春秋时诸侯之旗，蝥弧乃郑伯旗。此指张仆射军旗。
3　独立：独自屹立。扬新令：挥动令旗，发号施令。

林暗草惊风¹，将军夜引弓²。
平明寻白羽，没在石棱中³。

　　短短二十字中，有紧张惊险的夜里射虎情景，有出乎意外的平明寻矢场面。由夜至明，虽是转折，却上下情事一贯，读来如观小剧，有发生、发展、高潮、结局，不由不随剧中人一起紧张、一起放松，又继之以惊讶：箭已没石，不是虎！然，果勇力过人也！此虽用李广事，而有演义色彩，较太史公为精彩。

1　"林暗"句，谓林中幽暗，风吹草动，俗谓"虎行从风"，此暗示林中似有猛虎潜行。

2　引弓：拉弓。

3　平明：天刚亮。白羽：即白羽箭。没（mò）：进入。此二句用汉名将李广故事，《史记·李将军列传》："广出猎，见草中石，以为虎而射之，中石没镞，视之，石也。"

> 月黑雁飞高，单于夜遁逃[1]。
> 欲将轻骑逐[2]，大雪满弓刀。

　　月黑风高之夜，单于仓皇逃遁，此见边将兵威之壮也。边将欲以轻骑相逐，却忽降大雪，弓刀尽白，此见守边之艰苦也。二十字中包蕴跌宕，忽而起突变，忽而止追兵。首句与末句首尾呼应，更是满纸风雪，气格沉雄。

1　"月黑"二句：雁夜间觅隐蔽处休息，月被云掩而黑，雁忽然高飞，何也？此暗示雁被惊动，或有人来。下句果有单于遁逃之师经过事。单（chán）于，汉时匈奴君主之称，此泛指来犯边地的部族。

2　将（jiàng）：率领，统率。轻骑（jì）：精锐骑兵。逐：追击逃跑的敌人。

> 野幕敞琼筵[1]，羌戎贺劳旋[2]。
> 醉和金甲舞[3]，雷鼓动山川[4]。

　　此写将士凯旋，大摆庆功筵席。虽写作乐场面，仍以壮健之气为主。首二句写野外张筵，平常语句，而天空地阔，已非寻常饮宴可比。狂欢纵酒，本是丑态百出，"醉和金甲舞"，却俨然余勇可贾，更继之以"雷鼓动山川"，其豪迈气势则充天塞地矣。似是写凯旋狂欢，实则亦是描画军威。俞陛云说："唐人善边塞诗者，推岑嘉州。卢之四诗，音词壮健，可与抗手。"（《诗境浅说》续编）

1　野幕：在野外搭的帐篷，此指行军帐。敞：罗列，排设。琼筵：比喻珍美的筵席。

2　羌（qiāng）戎：皆我国古代西部少数民族名，此处指边地降服的部族。劳:慰劳。旋:凯旋。

3　金甲:护身铁衣。

4　雷鼓:本为古乐器名,祀天神时用雷鼓,此处雷同"擂"。

李　益

江南曲

嫁得瞿塘贾[1]，朝朝误妾期[2]。
早知潮有信[3]，嫁与弄潮儿[4]。

　　为商人妇者，难免离别之苦；又加之商人漂泊在外，归期不定，商妇更苦。此诗中女子因其苦痛太甚，乃作荒唐之语，欲嫁给有信之弄潮儿。果真有悔嫁之心吗？徐增说："若作如此解者，当一棒打杀与狗子吃。要知此不是悔嫁瞿塘贾，也不是悔不嫁弄潮儿，是恨个'朝朝误妾期'耳。眼光切莫错射。"（《说唐诗》卷九）离妇苦情，有不可为人直道者，此以无理之语出之，尽得其情。诗尽直白语，而情致婉曲如此，可谓文心波折。

1　嫁得：俗语，已经嫁给了。瞿（qú）塘：峡名，在重庆奉节县东，为长江三峡之首，十分险要。贾（gǔ）：商人。
2　朝朝：犹天天。期：约定的归期。
3　潮有信：谓江水潮落有时，似乎守信。
4　嫁与：嫁给。弄潮儿：指篙师舵工，因其与潮水朝夕周旋，故称弄潮儿。

七言绝句

贺知章

回乡偶书

少小离家老大回¹，乡音无改鬓毛衰²。
儿童相见不相识，笑问客从何处来？

——
诗人早岁离家，八十六岁始归。这其间必有万千感慨，正无可言说，却有儿童"笑问客从何处来"！诗中多用对比："少小离家"与"老大回""鬓毛衰"对举；"乡音无改"与"鬓毛衰""客从何处来""不相识"对举；"儿童"与"老大""鬓毛衰"对举。层层对比，揭示出诗人初踏故土的复杂感情，既朴素又深刻，既简练又繁复，既深沉又旷达，所谓真情实感，出乎天籁。

——
1　少小：年幼时。老大：年老。《文选·古辞·长歌行》："少壮不努力，老大乃伤悲。"
2　无改：没有改变。鬓毛衰：谓两鬓斑白，显露衰老之态。

张　旭

桃花溪

隐隐飞桥隔野烟[1]，石矶西畔问渔船[2]。
桃花尽日随流水[3]，洞在清溪何处边[4]？

詩用《桃花源记》故事，而以写景见长。首句写云烟朦胧处隐然有飞桥凌跨；二句则推至眼前，诗人恍惚中以为眼前渔人即是传说中去过桃源的武陵渔人；三、四句则写诗人一片天真又不无迷惑地指着水中的桃花，问渔人桃花源到底在哪里。由远至近，镜头推拉至此，戛然而止。全诗创造出了一个迷离惝恍、亦真亦幻的胜境，引人遐思。孙洙曰："四句抵得一篇《桃花源记》。"（《唐诗三百首》）

1　飞桥：凌空架设的高桥。
2　石矶：水边突出的岩石。
3　尽日：整天。
4　何处边：哪一边，哪里。

王 维

九月九日忆山东兄弟

独在异乡为异客，每逢佳节倍思亲[1]。
遥知兄弟登高处，遍插茱萸少一人[2]。

　　诗皆以平常语出之，而深情款款，固与平常语不同。首二句"独在异乡为异客，每逢佳节倍思亲"，异地做客，逢佳节而思亲，此情人人心中必有而口中皆无，一经摩诘道出，便觉缠绵婉转，不可更换半字。所谓俗极而雅，诗心真挚处，并无文饰之意。三、四句则扣题写"忆山东兄弟"，而并不写如何思念，只在想象中画出此日家中兄弟登高情形："遍插茱萸"，可想见众人登山，何等热闹快活；"少一人"，则独少诗人一人也。一句之中，由彼地至此地，由热闹至落寞，阴晴忽变，冷热悬殊；起落之间，则其思乡之情宛在目前，黯然神伤之状可掬。诗作自然而真，抒情婉转悠扬，千百年来传诵不歇，真绝唱也。

1　亲：古人多用以指父母双亲，也可用以泛指亲族，而以指父母为常见，此泛指亲族。

2　登高：指重九登高的风俗。《续齐谐记》载：汝南人桓景跟随费长房游学多年。有一天,费长房突然告诉他说:"九月九日汝家当有灾,宜急去,令家人各做绛囊,盛茱萸以系臂,登高饮菊花酒,此祸可除。"桓景便于九月九日举家登山,晚上回家,发现家中鸡犬尽皆暴死。登高风俗始于此。《太平御览》卷三十二引周处《风土记》:"九月九日……折茱萸房以插头,言避恶气,而御初寒。"茱萸:植物名,生于川谷,其味香烈。

王昌龄

芙蓉楼送辛渐

寒雨连江夜入吴[1]，平明送客楚山孤[2]。
洛阳亲友如相问，一片冰心在玉壶[3]。

　　王昌龄在盛唐诗史上以七言绝句著称，唯李白可与争衡。但王昌龄并不与李白相同。就送别诗言，李白长于写景，景中融情，如《送孟浩然之广陵》；王昌龄送辛渐诗，则以抒情为主，景乃情之渲染、补充。首二句写一夜寒雨、一江平满，而拂晓送别，远山显出孤寒之色，用景物的寒冷凄清，衬托出诗人感情上的孤独落寞。而全诗重点在三、四句，诗人很重视亲友对自己的关心，故特嘱辛渐转告他们，自己一如既往，永远冰清玉洁。据史载，王昌龄因不拘细节，曾两次被贬荒远之地。任江宁丞，乃在诗人第一次被贬岭南回来后不久。素怀大志而不得意，又处处遭人毁谤，诗人的忧愤可想而知。观此诗，正是诗人斯境斯情的自我写照，而并非纯然恋友难别的送别诗。

　　1　吴：古国名，据有淮、泗以南至浙江太湖以东地区，此处泛指润州一带。

2　楚：与"吴"为互文，因润州春秋时属吴，战国时属楚。

3　"一片"句：意谓自己心地清明纯洁，表里如一。

闺　怨

闺中少妇不知愁，春日凝妆上翠楼[1]。
忽见陌头杨柳色[2]，悔教夫婿觅封侯[3]。

　　这首闺怨诗的特色，是抓住少妇心理变化的微妙瞬间，窥一斑而见全豹，巧妙地传达出思妇怨情，与以往的闺怨诗绝不相同。"功名只向马上取，真是英雄一丈夫"（岑参《送李副使赴碛西官军》)），是盛唐时代富有英雄浪漫主义色彩的理想。此诗中少妇，也希望丈夫能够建功封侯，夫贵妻荣。而春日凝妆远眺，春色无边，她忽然产生了悔意：真不该让他去从军。诗作从前二句的不知愁，到三、四句的顿生悔意，变化突起，而诗人并未交代其中原因，给读者留下极大的想象空间，回味无穷。从结构上看，一、二句正是为三、四句的变化蓄势，从而在艺术上产生极大的冲击力，魅力无穷。

1　凝妆：盛妆。翠楼：华美的楼阁。
2　陌头：路旁。陌，本指田界，后亦泛指道路。杨柳色：杨柳青翠之色，此以杨柳色代指春色。
3　夫婿：妻子对丈夫的称呼。觅封侯：寻求高官厚禄。唐代开疆拓土，边事频繁，以盛唐为最，时人从军，多欲以战功封官，故觅封侯即指从军。

春宫怨

昨夜风开露井桃[1]，未央前殿月轮高[2]。
平阳歌舞新承宠[3]，帘外春寒赐锦袍[4]。

　　宫怨诗很早以来就是文人创作中的常见题材，而成就卓
著的，王昌龄可称第一人。甚至可以说，宫怨诗才真正代表他
的艺术风格。善于以景物烘托、渲染感情，善于抓住细节、断
面抒情的特色，在这首宫怨诗里得到了充分的体现。诗作化
用卫子夫得宠、陈皇后失宠故事，揭示了妇女"从来只有新人
笑，有谁知道旧人哭"的不幸遭际，对于恩宠已逝、备受冷落
的女主人公寄寓了深厚的同情。女主人公在诗中并未出现，
只以暗示出之。春暖桃开，应无春寒之事，而皇帝因"帘外春
寒"特赐新人锦袍，其优宠可知！而一个"新承宠"的"新"
字，暗暗托出一个孤独饮泣的女主人公。而桃开春色、月华高
朗，又正与女主人公内心的哀怨形成鲜明的对照。全诗未着
一个"怨"字而其怨自深，这正是诗人高明之处。有人说宫怨
诗中寄托了诗人自己的不得志情绪，细细思之，诚可信也。

1　露井桃：井旁所植的桃树。露(lù)井，无覆盖的井。
2　未央前殿：未央宫前殿在龙首山侧。未央，即未央宫，西汉

宫殿名,故址在今陕西西安市西北长安故城内西南角。月轮:
月亮。

3　平阳歌舞:指平阳公主家歌女卫子夫(卫青之姊)事。汉
武帝于平阳公主家见卫子夫,以其妙丽善舞,遂召入宫,恩宠
备至。后封为皇后。陈皇后以此受冷落,大为嫉恨。平阳,指
平阳公主,汉武帝姊封阳信长公主,嫁平阳侯,因称平阳公主。

4　"帘外"句:谓卫子夫身份微贱,而因帘外春寒,皇帝便特赐
锦袍,以示宠爱有加。

王　翰

凉州曲

蒲萄美酒夜光杯¹，欲饮琵琶马上催。
醉卧沙场君莫笑²，古来征战几人回！

这是一首千百年来传诵不歇的边塞名篇。诗作描写了盛大的军中欢宴场面：美酒浓香醉人，将饮之时乐者于马上弹奏琵琶，声繁弦促，热烈如同催饮。将士们相互劝酒：古来征战几人回？让我们尽欢今日，一醉方休吧！沈德潜说此诗乃"故作豪饮之词，然悲感已极"（《唐诗别裁集》卷十九），误也！"醉卧沙场"的豪言，说明将士们已置生死于度外，悲观情绪在这里不占主导地位。施补华说："作悲伤语读便浅，作谐谑语读便妙，在学人领悟。"（《岘傭说诗》）王翰这首诗，堪称真正的盛唐边塞诗，因为它语言明快跳宕，情绪奔放热烈，充满豪迈慷慨、超脱潇洒的乐观精神，给人以激昂向上的艺术魅力，也正是盛唐蒸蒸日上时代精神的反映。

1　蒲萄美酒：即葡萄美酒，"蒲"与"葡"通。此酒来自西域，唐时已能自酿。夜光杯：夜间能发光的酒杯，此泛指珍贵精美的酒杯。
2　沙场：平沙旷野，后多用指战场。

李 白

送孟浩然之广陵

故人西辞黄鹤楼[1]，烟花三月下扬州[2]。
孤帆远影碧空尽，惟见长江天际流[3]。

　　李白与孟浩然的交往，是在他出蜀不久、新婚之际，正当意气风发的时候。孟浩然虽然年长十多岁，诗名已天下皆闻，却给李白留下了"红颜弃轩冕，白首卧松云"（《赠孟浩然》）的潇洒印象。这两个爱游山川、风流似神仙的诗人交往，想来也充满游山玩水的轻松愉快感。此诗便是明证。烟花三月，春光明媚，孟浩然要去那江南最繁华的扬州，李白为他送行。船已远，诗人犹自注目，直到天际已无帆影，只剩滔滔江水。诗为送别之作，但语言轻捷明快，意境阔大开朗，不但没有伤感之情，在对友人的深情厚谊之中，更洋溢着一种乐观向上的积极情绪。即使如末二句所表露的惜别之感，亦与通常送别诗的悲苦忧愁绝不同调。浪漫的诗人，将一腔友情化进满地烟花，一江碧水，景中含情，情中有景，所谓水乳交融，物我莫辨。

1　故人：老朋友。黄鹤楼：在武昌黄鹤矶上，位于扬州之西，故曰"西辞"。

2　烟花：泛指春天的景色。

3　碧空：蓝天。二句意谓：帆影在蓝天的背景中渐去渐远，终于消失，只有长江水向着东方的天际滚滚流去。

下江陵 ¹

朝辞白帝彩云间²，千里江陵一日还。
两岸猿声啼不住³，轻舟已过万重山。

　　李白因永王李璘事长流夜郎，属于无辜之累，心情因而
十分苦闷。再联想起他一生至此仍未实现夙愿，其忧怀可
知。他在到达三峡时写作的《上三峡》云："三朝上黄牛，
三暮行太迟。三朝又三暮，不觉鬓成丝。"正是他彼时心情
的写照。而行至中途，忽遇赦放还，惊喜异常，诗作正是表
达了这种狂喜的心情，两相对照，诗人历尽艰难而拨云见日
的快感，自在不言之中。诗通篇作景语，而实则通篇都在抒
情。首句写远望白帝城，朝云五彩绚烂，正是诗人喜悦开朗
的心境写照；二句以"千里"与"一日"对举，虽为实情，而
心情之迫急可见；三、四句则一反猿啸声哀的传统意境，
仿佛哀猿声是为诗人遇赦而奏的欢歌一般，在一片猿啼之
中，轻舟直下，一无阻碍，这其中，不正包蕴着诗人对于未来
的憧憬吗？全诗意境开阔灵动，气势豪爽峻利，舟轻意快，
令人神远！其用语又明白晓畅，琅琅上口，正宜千年传诵
不朽。

1　诗题一作"早发白帝城",一作"白帝下江陵"。

2　朝辞:早晨离开。白帝:城名,在今重庆奉节县城东瞿塘峡口。彩云间:喻白帝城地势高,远望如在云中。

3　"两岸"句:《水经注·江水二》:"自三峡七百里中,两岸连山,略无阙处。……每至晴初霜旦,林寒涧肃,常有高猿长啸,属引凄异。空谷传响,哀转久绝。"

岑 参

逢入京使

故园东望路漫漫[1]，双袖龙钟泪不干[2]。
马上相逢无纸笔，凭君传语报平安。

　　此诗信口而成，词浅意深。前二句以回望归路、泪湿双袖的细节，刻画浓郁的思乡情结。后二句真切地活现出不期而遇、立马而谈、行色匆匆的情状，并进一步表现了诗人思乡的复杂心曲：因己思乡之情，推及家人挂念远行者的苦况，转生"报平安"以慰家人的强烈愿望。这是作者念家情思的极化，也是千古旅人之同慨。所以钟惺说："人人有此事，从来不曾写出，后人蹈袭不得，所以可久。"（《唐诗归》卷十三）沈德潜更说："人人胸臆中语，却成绝唱。"（《唐诗别裁集》卷十九）

1　故园：指长安。岑有别业在长安杜陵，作者西行，长安在东，故曰"东望"。
2　龙钟：沾湿貌。

杜　甫

江南逢李龟年

岐王宅里寻常见[1]，崔九堂前几度闻[2]。
正是江南好风景，落花时节又逢君[3]。

————　此为杜甫七绝名篇。诗写今昔盛衰之感、身世蹉跎之叹，
寓慨深沉。前二句忆昔，后二句慨今。"寻常见""几度闻"，
言己与李龟年早就相识，且交情颇深。今老朋友久别重逢，
又在山清水秀的江南，本应兴高采烈、喜不自胜才是，但是不
然。"落花时节"，既是指落花纷纷的暮春时令，又寓有深广的
社会内容，彼此的衰老飘零、社会的凋敝丧乱，都在其中。一
个"又"字，绾合过去和现在、今昔五十年的盛衰变化，尽在
此一字中。正如作者《观公孙大娘弟子舞〈剑器〉行》所云：
"五十年间似反掌。"昔盛今衰又见君，岂不令人感慨万千、潸
然泪下！孙洙曰："世运之治乱，年华之盛衰，彼此之凄凉流
落，俱在其中。少陵七绝，此为压卷。"（《唐诗三百首》）

————　1　岐王：玄宗之弟李范，岐王宅在东都洛阳尚善坊。寻常见：
即经常见。寻常，犹平常。

2　崔九：原注"崔九，即殿中监崔涤，中书令湜之弟"，为玄宗

宠臣。《旧唐书·崔涤传》载："涤多辩智,善谐谑,素与玄宗款密。兄湜坐太平党诛,玄宗常思之,故待涤逾厚,用为秘书监,出入禁中,与诸王侍宴不让席,而坐或在宁王之上。后赐名澄。"李范和崔涤,都卒于开元十四年(726)。

3　落花时节:指暮春。君:指李龟年。

韦应物

滁州西涧

独怜幽草涧边生[1]，上有黄鹂深树鸣[2]。
春潮带雨晚来急，野渡无人舟自横[3]。

　　这首七绝是古今传诵的名篇。诗以恬淡之笔写寻常之景，充满幽情野趣，有动有静，绘声绘色，宛如一幅精美的春雨郊游画图，令人流连忘返、叹赏不已。特别是"春潮"二句，更是脍炙人口的佳句。春潮晚雨，荒郊野渡，苍茫无人，水急舟横，诗情画意，新人耳目。而着一"横"字，犹如画龙点睛，境界全出，不禁令人拍案叫绝。

1　独怜：唯独喜爱。生：一作"行"，较胜。何良俊《四友斋丛说》："韦苏州《滁州西涧》诗，有手书，刻在太清楼帖中，本作'独怜幽草涧边行，尚有黄鹂深树鸣'。盖怜幽草而行于涧边，始与性情有关，今集本'行'作'生'、'尚'作'上'，则与我了无与矣。其为传刻之讹无疑。"
2　黄鹂：即黄莺，正是春日所见。
3　野渡：郊野渡口。

张 继

枫桥夜泊

月落乌啼霜满天，江枫渔火对愁眠[1]。
姑苏城外寒山寺[2]，夜半钟声到客船。

诗作以简练的笔墨，写出深夜不眠的旅人愁绪。暗夜之中，月落乌啼，飞霜满天，唯默默江枫、点点渔火与旅人相对，其愁境已自不堪。而城外寺钟穿林度水，声声叩击旅人心扉。此时此境，真愁绝伤绝！张继素有远志，此时避乱江南，破败的现实，使他对国家的前途、自己的前途都产生了怀疑与不满，"时危出处难"（张继《赠章八元》），他的痛苦与郁闷可想而知。这首诗未必有意寄托，也不免要带上诗人思想感情的烙印。空灵微妙、清迥深远的夜半钟声，难道不也叩在这个报国无门的志士心上吗？这首七绝，以其含蓄深沉而流传甚广，甚至日本人也特地渡海来听寒山寺钟声，其影响深远可见一斑。

1 江枫：江边的枫树。愁眠：因旅愁而不能入眠。
2 姑苏：苏州别称，因城西南姑苏山得名。寒山寺：在今苏州市西枫桥镇,传说因唐代诗僧寒山、拾得住过而得名。本名妙利普明塔院,又名枫桥寺。或谓"寒山"乃泛指肃寒之山,非寺名,可备一说。

韩 翃

寒 食

春城无处不飞花[1]，寒食东风御柳斜[2]。
日暮汉宫传蜡烛[3]，轻烟散入五侯家[4]。

　　诗作描绘寒食节景象，首二句写寒食之日，花满长安、柳枝低拂的动人春色，以"无处不"的双重否定句式，渲染出整个长安热闹繁华的景象。三、四句按时序写至暮色苍茫时，宫中宦者骑马传烛，皇上以榆柳之火赐予近臣。"五侯"二字寓意深切。吴乔说："唐之亡国，由于宦官握兵，实代宗授之以柄。此诗在德宗建中初，只'五侯'二字见意，唐诗之通于《春秋》者也。"（《围炉诗话》卷一）诗人或者并非有意讽谏，但诗中的客观描写形成的意象，远远超出了形象本身。也许正是因为诗人落笔之先并未有刻意求深之意，诗作反而达到了含蓄、富于韵致的境界。据孟棨《本事诗》记载，当时驾部郎中知制诰缺额，中书省提请御批。德宗提笔曰：与韩翃。但因这时有两个韩翃，于是中书省再以二人同进，德宗亲书《寒食》诗，批曰：与此韩翃。可见韩翃此诗当时即有盛名。

1　春城：春天的都城。飞花：指春天百花盛开、柳絮飘飞情景。

2 御柳:皇城内的柳树。当时风俗,寒食日折柳插门,故此句写柳树。斜(xiá):亦可读为xié,此处押韵应读xiá,指春风吹拂柳枝状。

3 汉宫:此指代唐宫。传蜡烛:《唐会要》卷二十九《节日》记:"天宝十载三月敕……自今以后,寒食并禁火三日。"《唐辇下岁时记》:"清明日取榆柳之火以赐近臣。"蜡烛用以传播火种。

4 五侯:同时封侯者五人,有三说:一说为汉成帝一日封舅王氏五人为侯;一说为东汉梁冀一族五人皆封侯;一说为东汉桓帝封宦官单超等五人为侯。诗当喻指恃宠弄权的宦官。

刘方平

月 夜

更深月色半人家[1]，北斗阑干南斗斜[2]。
今夜偏知春气暖[3]，虫声新透绿窗纱[4]。

—— 诗题为"月夜"，首二句即写月移星斜，虽着眼平凡、笔意疏淡，但亦清新可喜；三、四句则写虫声唧唧，似知暖气上升，物候将春而特意透窗纱相报。格物而知，得之于心，所谓灵感兴会，神来之笔。诗人以其感觉之敏锐、独特、细致，跳出"月夜悲凉、虫声孤凄"的窠臼，创造出一个清静幽寂而又不无生机的春夜，谱写了一支独特的回春乐曲。

—— 1 "更深"句：谓夜深月斜，庭院一半笼于月光，一半沉入幽暗。

2 阑干：纵横布陈。南斗：南斗六星，即斗宿。

3 偏知：独自知道。

4 新：初次。

春　怨

纱窗日落渐黄昏，金屋无人见泪痕[1]。
寂寞空庭春欲晚，梨花满地不开门[2]。

———

诗写宫怨。首二句写日落黄昏，美人金屋垂泪，以"无人见"写其幽怨；三、四句写春残将逝，庭中梨花遍地，美人不忍开门。此种景象，既是美人韶华将逝的身世写照，又表明她害怕触景伤情，故不开门以忍住幽怨的痛苦情感。诗题作"春怨"，末句却写不敢放任幽怨。此正是以不怨写怨，怨情自深。此诗角度独特，刻画女子心理十分精细，深曲委婉，味外有味。

———

1　金屋：极言屋之奢华。据《汉武故事》：汉武帝为太子时，皇姑长公主欲以其女配帝，问汉武帝曰："阿娇好否？"帝答曰："好。若得阿娇作妇，当作金屋贮之。"此用以泛指妃嫔所居之屋，又暗寓阿娇后来失宠之意。

2　"寂寞"二句：谓妃嫔久旷寂寞，春残之时满地梨花，恐触目伤怀，故不忍开门。

柳中庸

征人怨

岁岁金河复玉关¹，朝朝马策与刀环²。
三春白雪归青冢³，万里黄河绕黑山⁴。

　　诗作描写一个转战北地的征人怨情。首二句以叠字"岁岁""朝朝"见其征战不已、疲惫不堪之情状；末二句则转写征战中常见景色：白雪落青冢，黄河绕黑山。以颜色对比，对仗工整，构成一幅色彩鲜明而又凄凉异常的图画，于无声无息中凸现了首二句所写的征人形象：挎刀策马，满腹哀怨。全诗不着一个"怨"字，而怨情自现，显示出诗人高超的艺术手法。诗作借征人怨情，委婉地抨击了统治者的穷兵黩武，具有一定的现实意义。

　　1　金河：水名，又名金川，现名大黑河，经内蒙古中部在托克托县境入黄河。隋大业中，炀帝曾溯此河会突厥可汗。玉关：即玉门关，在今甘肃安西双塔堡附近，为通西域要道。此句谓连年转战塞上。

　　2　马策：马鞭。刀环：刀头的环。《汉书·李陵传》："(任)立政等见陵未得私语，即目视陵，而数数自循其刀环，握其足，阴谕之,言可还归汉也。"环、还同音,故以刀环暗示归还之意。此句意谓每天都要骑马打仗。"刀环"亦有双关意。

3　三春白雪:北地寒冷,三月犹有大雪。三春,春季第三个月,农历三月。归:此指雪花飘落。青冢:汉王昭君墓,在今内蒙古呼和浩特市南。

4　黑山:在今内蒙古呼和浩特市东南、青冢附近。

顾 况

宫 词

玉楼天半起笙歌[1]，风送宫嫔笑语和[2]。

月殿影开闻夜漏[3]，水精帘卷近秋河[4]。

这首诗是写宫怨的，以玉楼的笙歌笑语，对比女主人公的孤独冷落。"月殿"二句以月斜更深、卷帘望天河的画面，刻画女主人公寂寞惆怅、无可排遣的内心世界。笔触细腻精致，如"闻夜漏""近秋河"，必是极静、极无聊才能听到滴漏之声，必是极空虚、极寂寞才觉天河离人近。诗题不作"宫怨"，诗中亦不见"怨"字，而所写非怨情又是何情？诗作纯用客观描写，更显得意韵深远。

1 玉楼：华美之楼，此指宫中之楼。天半：高空，如在半天之上，极言玉楼之高。

2 宫嫔：宫女。

3 月殿影开：月已西斜，宫殿里的阴影扩展开来。夜漏：夜间的时刻，古代用铜壶滴漏计时，故称夜漏。此句言夜深。

4 水精帘：即珠帘。水精，即水晶。秋河：即银河。

李 益

夜上受降城闻笛

回乐烽前沙似雪，受降城外月如霜[1]。
不知何处吹芦管[2]，一夜征人尽望乡。

　　诗作以清丽、洗练的笔触，先从视觉形象上创造出一幅满目凄清的塞上夜景，又从听觉形象上强化这夜景引起的绵绵乡思，再进一步塑造出士卒望乡的浮雕：月照沙漠，如霜似雪，是为有色；芦管忽起，其声悲切，是为有声；而有声有色之中，士卒难眠，起坐望乡。正犹如一座成功的浮雕，肃穆无言，而其情充塞天地。短短二十八字，而声、色、情并具，无怪乎胡应麟盛赞其为"中唐绝"之"冠"（《诗薮·内编》卷六）。且当时便"天下以为歌辞"（《旧唐书·李益传》），其影响之大，可见一斑。

　　1　回乐烽：一作"回乐峰"，指受降城附近的一个烽火高台。此二句乃互文见义，谓月光朗朗，照耀沙漠，沙、月皆皎洁清冷如同霜雪。
　　2　芦管：乐器，截芦为之，与觱（bì）篥（lì）相似。

刘禹锡

乌衣巷

朱雀桥边野草花[1]，乌衣巷口夕阳斜。
旧时王谢堂前燕[2]，飞入寻常百姓家[3]。

《乌衣巷》曾使诗人白居易"掉头苦吟，叹赏良久"（刘禹锡《金陵五题序》），是刘禹锡的怀古杰作。诗首句以"朱雀桥边"四字，既交代了乌衣巷周围的地理环境，也暗示了它地处繁华的秦淮河，曾经有过人烟辐辏的兴盛时期；"野草花"摇曳轻盈，却立即使这个六朝金粉地增加了荒凉之感。二句则在乌衣巷口抹上斜晖残照，极富象征意味地暗示鼎盛时期已经逝去了。至此，诗作大笔挥洒，画出乌衣巷今日素描，画面简单洗练，富于象征性。三、四句则出之以细节特写，注目于巷中飞燕，夸张地赋予燕子数百寿龄，想象它便是旧日王、谢等贵族堂前的一只燕子，今日却飞入居于此地的百姓之家。燕子做了历史的见证人，今昔对比，物是人非，有无限沧海桑田之慨尽寄于此。这一细节的特写，将燕子的灵巧与历史的沉重巧妙地糅合在一起，举重若轻，含蕴不尽，显示了刘禹锡高超的艺术创造力。全诗语言平直朴素，景物尽都寻常可见，却又那么蕴藉含蓄，回味无穷。白居易之"叹赏良久"，也就可以理解了。

1　朱雀桥：晋、南北朝时建康（今南京）正南朱雀门外的古浮桥，晋时称"朱雀桁"，故址在今南京镇淮桥东。乌衣巷即在朱雀桥附近。

2　王谢：六朝时王、谢世为望族，故常并称。《南史·侯景传》："（景）请娶于王、谢，帝曰：'王、谢门高非偶，可与朱、张以下访之。'"后世以王、谢为高门世族的代称。堂前：正房前面，此指官僚府第。

3　寻常：普通，平常。

春　词

新妆宜面下朱楼[1]，深锁春光一院愁。
行到中庭数花朵，蜻蜓飞上玉搔头[2]。

　　此诗为闺怨诗，描写了一个贵族少女被幽闭闺阁的惆怅心绪。首二句"新妆宜面"与"深锁春光"对举，"深锁"的既有满院芬菲，亦有美貌的佳人。诗人以自然而凝练的笔触，写出花容月貌与动人春色俱被幽闭成"一院愁"，对比中显出强烈的震撼效果。三句写佳人数花，正见其百无聊赖、愁无可泄；四句忽接以"蜻蜓飞上玉搔头"，实为神来之笔，似不经意、不切题旨，而这小小的生灵，似乎是一院愁中唯一的生机。其出现，不仅赋予诗作轻盈灵动之感，犹似点金石，以其无情无欲见出佳人愁怨之深。从这首诗我们可以看出，刘禹锡非常善于运用细节描写，以平淡的客观描写传达复杂的主观情绪，从而取得蕴藉含蓄、情韵悠长的艺术效果。

1　宜面：谓脂粉均匀，梳妆打扮得十分宜人。朱楼：华丽的红色楼房，一般指贵族妇女所居之处。
2　玉搔头：即玉簪。《西京杂记》卷二："（汉）武帝过李夫人，就取玉簪搔头。自此后宫人搔头皆用玉，玉价倍贵焉。"白居易《长恨歌》："花钿委地无人收，翠翘金雀玉搔头。"

白居易

宫　词

泪尽罗巾梦不成[1]，夜深前殿按歌声[2]。
红颜未老恩先断[3]，斜倚熏笼坐到明[4]。

　　白居易写过诸如《上阳白发人》等反映宫女非人遭际的诗篇，还给皇帝上过《请拣放后宫内人疏》，可见他对宫女的痛苦深感同情，对她们的命运十分关注。这首宫怨诗描写一个失宠的宫人，以"泪尽罗巾"与"前殿按歌声"对举，写出两种截然不同的处境。而且这前殿歌舞又是恩未断时自己也曾处身其间的，如今红颜未老而一切永逝，抚今追昔，辗转难眠。"斜倚熏笼坐到明"这一慵倦无力的形象，正是宫人万念俱灰的内心表现。诗人对宫女的命运依帝王的爱恶而变化深感不平，客观上抨击了帝王喜新厌旧、以妇女为玩物的荒淫行为，具有深刻的现实意义。以往的宫怨诗往往以不怨写怨，用语隐晦，此诗中则以"恩"字点出君王，将矛头直指最高统治者，虽伤于直，而其大胆，使这首宫怨诗获得了一定的战斗性。

1　泪尽罗巾：犹泪湿罗巾。罗巾，丝织手帕。梦不成：不得成梦,即不能入睡之意。

2　按歌声:击打节拍唱歌的声音。按,击打。

3　红颜:妇女艳丽的容貌,也代指美丽的女子。

4　熏笼:罩在熏炉上的笼子,作熏香或烘干之用。

张　祜

赠内人

禁门宫树月痕过[1]，媚眼惟看宿鹭窠[2]。

斜拔玉钗灯影畔，剔开红焰救飞蛾[3]。

　　诗中女伎"惟看宿鹭窠"和"剔开红焰救飞蛾"的动作特写，颇富韵致。看宿鹭，可能是羡慕这些宿鸟虽栖身皇宫，白日却可在皇宫以外的广阔天地中自由飞翔；"惟看"写其注目出神，暗示那幽禁宫中的惆怅。救飞蛾的动作，可能是由羡慕飞鸟的自由，转而同情蛾子的无辜遭遇。弱者救难，这本身就意味深长。看宿鹭，乃仰头看；救飞蛾，乃低头见。俯仰之间，女伎的内心经过多少情绪的变化！诗人以其高超的艺术表现力，捕捉到这具有丰富内涵的瞬间，委婉深曲地写出女伎的遭遇、处境和心情，可谓独具匠心。

1　禁门：宫门。皇宫门户皆设禁严守，故曰禁。月痕过：指月斜夜深。月痕，月色暗淡朦胧的样子。

2　媚眼：娇媚美丽的眼睛。窠（kē）：鸟巢。

3　红焰：灯火，此指灯芯。

集灵台（二首）

日光斜照集灵台，红树花迎晓露开。
昨夜上皇新授箓[1]，太真含笑入帘来[2]。

诗首二句写晨光初照，花开带露，虽为景语，实则暗寓杨贵妃昨夜已承玄宗雨露恩幸之意，是倒叙。末二句则追写昨夜事，"新授箓"与"太真"措辞大有深意，巧妙地讽刺了玄宗纳子妇为己妃、且急不可待的荒唐行径。白居易写《长恨歌》咏二人故事时，是略去这段丑事的，张祜则专门咏写此事，笔法含蓄，似褒实贬。

1　上皇：皇帝父亲的尊称，同"太上皇"，此指退位的玄宗李隆基。《新唐书·肃宗本纪》："即皇帝位于灵武，尊皇帝（玄宗）曰上皇天帝。"按，杨贵妃死后玄宗方称上皇，此处是作者口吻。新授箓：指玄宗刚刚完成杨贵妃出家为道士的手续。箓，道教的秘文。

2　太真：杨贵妃出家时的道号，此句暗示杨贵妃刚出家便为玄宗临幸。

虢国夫人承主恩[1]，平明骑马入宫门[2]。
却嫌脂粉污颜色，淡扫蛾眉朝至尊[3]。

虢国夫人骑马入宫，素面朝天，这些放纵、不合于礼制的做法，正说明了其时唐玄宗的荒唐昏庸。虢国夫人的行为，也暗示了她与玄宗的不正当关系。诗作刻画出一个洋洋得意的贵夫人形象，正是当时外戚专权的写照。表面看来，诗人只是在咏写虢国夫人的美貌风流，而实际上却是"春秋"笔法，褒贬已寓。

1　虢国夫人：杨贵妃姊，排行三，嫁裴氏。玄宗天宝七载（748），封为虢国夫人。

2　平明：天刚亮。史载，虢国夫人常与堂兄杨国忠骑马入朝，可见杨氏当时恩宠之隆重。

3　朝至尊：朝见天子。据《旧唐书·杨贵妃传》，虢国夫人自恃美艳，常不施脂粉朝见玄宗。

题金陵渡

金陵津渡小山楼[1]，一宿行人自可愁。
潮落夜江斜月里，两三星火是瓜州[2]。

　　这首小诗专意写景，而景中含情，"一宿行人自可愁"即是也。诗写淡淡轻愁，起于无形。而斜月映江，远处灯火稀疏，在这寂静美妙的月夜，那淡淡轻愁似乎尽都溶化了，化作朦胧月色，化作星星灯火。诗作以轻灵的笔触，传达出似喜非喜、似愁非愁的微妙心绪，韵致悠长，耐人寻味。

1　津渡：渡口。小山楼：傍山而建的楼房。
2　两三星火：谓灯火稀疏。星火，星星点点的灯火。瓜州：亦作瓜洲，在今江苏扬州市邗江区南大运河入长江处，与镇江相对。本江中沙洲，积沙渐多，其状如瓜，故名。

朱庆馀

宫中词

寂寂花时闭院门[1]，美人相并立琼轩[2]。
含情欲说宫中事[3]，鹦鹉前头不敢言[4]。

——

诗作首二句与刘禹锡"新妆宜面下朱楼，深锁春光一院愁"（《春词》）意境类似，而笔意稍淡。末二句"含情欲说宫中事，鹦鹉前头不敢言"则独具匠心，后宫美人满腹怨怅、欲说还休、谨小慎微的神情如在目前。首二句表明美人身体不得自由，后二句则更刻画出她们精神被幽闭、愁无可诉的痛苦！诗人一反宫怨诗中只以一个女主人公出场的写法，写两美并立，而仍能传达出孤独幽怨之意，可见能写怨情孤独，不在人之多寡。

——

1　花时：百花盛开的时候。

2　相并：并肩。琼轩：玉做的长廊，此言长廊之精美华贵。

3　含情：女子娇媚的神态。

4　鹦鹉：鸟名，多为人驯养，能模仿人的声音发音。此句言不敢谈论，恐怕鹦鹉学舌，泄露给别人听。

近试上张水部

洞房昨夜停红烛[1]，待晓堂前拜舅姑[2]。
妆罢低声问夫婿，画眉深浅入时无[3]？

朱庆馀虽得张籍赏识奖掖，仍不放心，在进士考试前上此诗，以闺情喻考试。"画眉深浅入时无"？是问张籍自己的诗文究竟合不合时宜，反映了一般读书人应试前的忐忑心态，饶有风趣。而张籍作诗回答说："越女新妆出镜新，自知明艳更沉吟。齐纨未足时人贵，一曲菱歌敌万金。"赞扬朱庆馀诗风清丽新鲜，如越女菱歌，卓于世俗之上。而朱庆馀此诗，即使当作纯粹的闺情诗来看，亦风光旖旎，浓情蜜意溢于笔端，宜乎张籍对他的作品之褒扬不遗余力。

1　洞房：指新婚夫妇的新房。停红烛：红烛一夜通明。停，安置，摆放。

2　待晓：等待天明。拜舅姑：给公婆行礼问安。《仪礼·士昏礼》："质明，赞见妇于舅姑。"也就是说在天刚亮时，丈夫带妻子去拜见公婆。舅姑，指丈夫的父母，即公婆。

3　画眉：用黛色描饰眉毛。入时无：时髦不时髦。无，疑问词，同"否"。

杜 牧

将赴吴兴登乐游原

清时有味是无能[1]，闲爱孤云静爱僧。
欲把一麾江海去[2]，乐游原上望昭陵[3]。

这首诗是晚唐社会士人矛盾心理的典型反映。杜牧所处的时代，党争激烈，宦官擅权，藩镇割据，远非清平盛世。他在京任吏部员外郎，投闲置散，无所作为，故请求外任湖州刺史，心中的抑郁悲愤可以想见。临行登乐游原，远眺所见，独标昭陵，盖有深意存焉。唐太宗是英明君主，贞观之治是古代社会的盛世，正如杜甫所说的："煌煌太宗业，树立甚宏达。"（《北征》）"议堂犹集凤，贞观是元龟"（《夔府书怀四十韵》）。"直词宁戮辱，贤路不崎岖"（《行次昭陵》）。望昭陵，即是追怀贞观之治。宋叶梦得评此诗云："此盖不满于当时，故末有'望昭陵'之句。"（《石林诗话》卷中）但诗人不明说，戛然而止，引人深思。全诗精练深刻，沉郁含蓄，意在言外，洵称佳作。

1　清时：指清明承平之时。味：即指下句所言闲静。以闲静如孤云、老僧为有味，正说明自己无能。此乃愤语反言之。

2　把:持。麾:旌旗之类,此指出任刺史之旌节。杜牧自请外调,"把一麾"即指出任湖州刺史。江海:即指湖州。湖州北临太湖和长江,东南是东海,故云。

3　昭陵:唐太宗陵墓,在今陕西礼泉县东北之九嵕山。

赤　壁

折戟沉沙铁未销[1]，自将磨洗认前朝[2]。
东风不与周郎便[3]，铜雀春深锁二乔[4]。

　　这首诗表明了杜牧对赤壁之战的独特见解，他认为周瑜的取胜是出于侥幸。如果不是东风相助，孙吴的霸业将成泡影，三国鼎立的局面就不会形成，整个历史也将重写。诗亦隐寓作者怀才不遇的情绪。最后二句，风华蕴藉，巧于立言，妙绝千古。全诗豪迈俊爽，峭拔劲健，尤能体现杜牧绝句的特色。同时议论精辟，对宋诗影响很大。清赵翼曰："杜牧之作诗，恐流于平弱，故措辞必拗峭，立意必奇辟，多作翻案语，无一平正者，方岳《深雪偶谈》所谓'好为议论，大概出奇立异，以自见其长'也。"（《瓯北诗话》卷十一）正道出了这首诗的特点。

1　折戟：断折的战戟。销：销蚀。
2　自将：自己拿起。前朝：指汉末三国争雄时期。认：有鉴别意识。黄叔灿曰："'认'字妙，怀古情深，一字传出。下二句翻案，亦从'认'字生出。"（《唐诗笺注》）
3　东风：指赤壁之战借东风火烧曹操事。周郎：即周瑜，时为吴军前线总指挥。便：方便。

4 铜雀：台名，曹操所建，在魏都邺城（今河北临漳县西）。二乔：即大乔、小乔，大乔嫁孙权之兄孙策，小乔嫁周瑜。

泊秦淮

烟笼寒水月笼沙[1]，夜泊秦淮近酒家。
商女不知亡国恨[2]，隔江犹唱《后庭花》[3]。

这首诗在描写秦淮夜色的同时，透露出深沉的感慨，主旨是针对当时绮靡的风气而发，向被誉为绝唱。李锳评曰："首句写秦淮夜景，次句点明夜泊，而以'近酒家'三字引起后二句。'不知'二字，感慨最深，寄托甚微。通首音节神韵，无不入妙。"（《诗法易简录》）

1　笼：笼罩。
2　商女：歌女，或指商人妇。
3　《后庭花》：即《玉树后庭花》，属乐府吴声歌曲，为陈后主所作。李白《金陵歌送别范宣》："天子龙沉景阳井，谁歌《玉树后庭花》。"刘禹锡《金陵五题·台城》亦云："万户千门成野草，只缘一曲《后庭花》。"

寄扬州韩绰判官

青山隐隐水迢迢[1]，秋尽江南草木凋[2]。
二十四桥明月夜[3]，玉人何处教吹箫[4]？

全诗通过对扬州胜景的深情描绘，委婉地探问友人的近况，表示自己的思念之情。今人或以为此诗写艳情，殊失作者本意。宋顾乐评曰："深情高调，晚唐中绝作，可以媲美盛唐名家。"（《唐人万首绝句选》）

1　迢迢：遥远貌。

2　草木凋：一作"草未凋"。

3　二十四桥：扬州名胜。《方舆胜览》谓隋代已有二十四桥，并以城门坊市为名。沈括《梦溪笔谈·补笔谈》卷三列载二十四桥名。但清李斗《扬州画舫录》卷十五谓二十四桥即吴家砖桥，又名红药桥。

4　玉人：美人，既可指美丽洁白的女子，亦可称风流俊美的才子，此指韩绰。

遣　怀

落魄江湖载酒行[1]，楚腰纤细掌中轻[2]。
十年一觉扬州梦[3]，赢得青楼薄幸名[4]。

題曰《遣怀》，分明是抒发感慨之作。时杜牧年已四十，回忆往昔所为，或有追悔，或有责备，或有感伤，或有留恋，或有醒悟。往事如梦，不堪回首，感慨万千，遂作此诗。旧谓艳诗，细细玩味，恐非如此。

1　落魄(tuò)：失意潦倒。江湖：对庙堂而言。载酒：携酒。
2　楚腰：《墨子·兼爱中》："昔者，楚灵王好士细要(腰)。"后亦用以称美女子腰身纤细，此指美女。纤细：一作"肠断"。掌中轻：相传汉成帝皇后赵飞燕体轻，能为掌上舞。此指体态轻盈。
3　十年一觉：犹言落魄江湖十年，好似大梦方醒。因杜牧在扬州纵情声色，冶游特著，故曰"扬州梦"。觉，睡醒。
4　青楼：本指华丽之楼阁，后亦指妓女所居之处。薄幸：犹言薄情。

秋　夕

银烛秋光冷画屏[1]，轻罗小扇扑流萤[2]。
天街夜色凉如水[3]，卧看牵牛织女星[4]。

　　崔颢《七夕》诗后四句云："长信深阴夜转幽，瑶阶金阁数萤流。班姬此夕愁无限，河汉三更看斗牛。"此诗点化其意，而更含蓄有深致。诗的最成功之处，就是将宫女深深的哀怨，融化于清丽的夜色之中。秋冷画屏，夜凉如水，在一片凄凉的氛围里，扇扑流萤，显出宫女的寂寞无聊；坐看牛女，透出宫女的凄苦幽怨。牛女尚能一年一会，但宫女深闭宫中，却永远失去了青春。她们的命运，就像那"轻罗小扇"一样，终会被遗弃不用的。正如王文濡所评："此宫中秋怨诗也。自初夜写至夜深，层层绘出，宛然为宫人作一幅幽怨图。"（《唐诗评注读本》）

1　银烛：白色蜡烛，一作"红烛"。
2　轻罗小扇：薄纱做成的小巧团扇。流萤：飞动的萤火虫。
3　天街：一作"瑶阶"，又作"天阶"。
4　卧看：一作"坐看"，较胜。牵牛织女星：传说中牛郎织女的故事。《荆楚岁时记》载：天河之东有织女，年年织杼劳役，织成云锦天衣,天帝怜其独处,许嫁河西牵牛郎。嫁后遂废织纤,天帝怒,责令归河东,但许其一年一度相会。

赠　别

娉娉袅袅十三余[1]，豆蔻梢头二月初[2]。
春风十里扬州路[3]，卷上珠帘总不如[4]。

多情却似总无情，唯觉樽前笑不成[5]。
蜡烛有心还惜别[6]，替人垂泪到天明[7]。

　　这两首诗都用比兴手法，表现杜牧赠别歌妓的情意。前者着重写歌妓之美，后者着重写离别之情。虽为赠妓之作，但都是作者真情实感的流露，可以窥见晚唐社会风气以及当时士子的心理状态。由于二诗具有高超的艺术造诣，又写男女风情，故对后世影响颇大。黄庭坚《广陵早春》诗："春风十里珠帘卷，仿佛三生杜牧之。红药梢头初茧栗，扬州风物鬓成丝。"即是完全袭用前首之意。黄叔灿则评后首云："曰'却似'、曰'唯觉'，形容妙矣。下却借蜡烛托寄，曰'有心'、曰'替人'，更妙。宋人评牧之诗豪而艳、宕而丽，其绝句于晚唐中尤为出色。"（《唐诗笺注》）

1　娉（pīng）娉袅（niǎo）袅：形容体态轻盈柔美。
2　豆蔻：多年生草本植物，亦名鸳鸯花，初夏开化，二月初犹含苞未放,借以比未嫁少女。后称十三四岁少女为豆蔻年华,即本此。

3　春风十里:形容扬州娼楼妓馆、舞榭歌台分布之广。

4　"卷上"句:谓珠帘之下,虽美女如云,但都不及赠别者。

5　"多情"二句:谓越是多情,却总显得无情。临别凄然相对,惨不成欢,故"笑不成"。

6　蜡烛有心:蜡烛中有烛芯,如人有心。

7　垂泪:指蜡泪下垂。

金谷园

繁华事散逐香尘[1]，流水无情草自春[2]。
日暮东风怨啼鸟[3]，落花犹似坠楼人[4]。

俞陛云评此诗曰："前三句，景中有情，皆含凭吊苍凉之思。四句，以花喻人，以'落花'喻'坠楼人'，伤春感昔，即物兴怀，是人是花，合成一凄迷之境。"（《诗境浅说》续编）

1　繁华事：指石崇当年金谷园的繁华往事。逐：追随。香尘：王嘉《拾遗记》卷九："（石崇）使数十人各含异香，行而语笑，则口气从风而飏。又屑沉水之香如尘末，布象床上，使所爱者践之，无迹者赐以真珠百琲。"
2　流水：指流经金谷园的金谷水。
3　"日暮"句：张继《金谷园》诗："年年啼鸟怨东风。"
4　坠楼人：指绿珠。

李商隐

夜雨寄北

君问归期未有期[1]，巴山夜雨涨秋池[2]。
何当共剪西窗烛，却话巴山夜雨时[3]。

从诗的首句来看，一问一答，似是回答友人书信所作。正是这种问讯，激起了诗人的满怀愁绪。归无定期，多么无奈！而窗外夜雨绵绵不断，此情此景，何以能堪！诗作至此，勾画出一幅低调的夜雨思乡图。三、四句却忽然转折，"何当共剪西窗烛，却话巴山夜雨时"。诗人驰骋想象，跳出眼前如秋雨般似乎永无尽期的愁城，想到将来既归之后与友人共剪西窗烛的温馨情形，甚至满怀愁绪的今夕，亦成了兴致勃勃时的谈资。诗的格调似乎变得愉快起来，而这种假想中的愉快，读来令人更觉愁肠百转，"此时羁情，不言自深矣"（徐德泓《李义山诗疏》）。诗作情景交融，虚实相生，虽语言浅显，却是含蓄隽永、余味无穷的佳作！

1　"君问"句：意谓你问我何时归去，我自己也不知道，因此不能告诉你明确的日期。

2　巴山：泛指巴蜀境内的山。

3　何当：何时。却话：追忆，追谈。二句谓不知何时能回到
家中，那时将与思念的人一起挑灯夜谈，追忆此时巴山夜雨的
情景。

寄令狐郎中

嵩云秦树久离居[1]，双鲤迢迢一纸书[2]。
休问梁园旧宾客[3]，茂陵秋雨病相如[4]。

　　李商隐曾三为令狐楚幕宾，与令狐父子关系密切。此诗
乃回答令狐绹书信之作。首二句交代事实：诗人与令狐绹分
居京、洛，令狐绹寄书问候。虽是实事之语，而"云""树"用
杜甫诗典，思念之情隐含；"迢迢"与"一纸书"对举，透出诗
人对友人问候的感激之情。三、四句转以回答来信，以短短
十四字，将与令狐父子渊源、自身处境、对方来信的内容以及
自己的感念之情尽寓其中，凝练含蓄，温柔悲恻。或以为此诗
乃李商隐自求荐举之语："以杨得意望令狐（杨得意是推荐司
马相如的人）。"（姚培谦《李义山诗集笺注》）这也是很有可
能的，但应该看到，即令诗人果有此意，亦不是摇尾乞怜之态，
而是以情动人，意在言外。故此诗可作求汲引之语看，亦可作
叙友情之语看。

　　1　嵩：中岳嵩山，在今河南登封市北，此借指作者所居之地。
秦：秦岭，古代指山脉在陕西南境的终南山，这里指长安。此
句从"渭北春天树，江东日暮云"（杜甫《春日忆李白》）化出，

云、树乃分隔两地的双方即目所见,故以"嵩云秦树"喻双方京、洛相隔,遥遥相思。

2 双鲤:《文选·古乐府》之一:"客从远方来,遗我双鲤鱼。呼儿烹鲤鱼,中有尺素书。"后人因而用双鲤代称书信。明杨慎《丹铅总录·物用类·简牍》中则以为汉代书信,有以绢素叠成双鱼之形者,古乐府中烹鱼得书,乃譬况之言。

3 梁园:即梁苑,在今河南开封市东南,汉景帝时梁孝王所筑,为游宴之所,当时名士如司马相如、枚乘等皆为座上客。李商隐曾为令狐楚(令狐绹父亲)幕宾,此句即以"梁园旧宾客"自指。

4 "茂陵"句:《史记·司马相如列传》载:相如尝称病闲居,不慕官爵,拜为孝文园令。既病免,家居茂陵。时李商隐闲居多病,故以司马相如自况。

为　有

为有云屏无限娇，凤城寒尽怕春宵[1]。
无端嫁得金龟婿[2]，辜负香衾事早朝[3]。

——　　诗中所写可能是新婚夫妇，二人情意深笃，春宵苦短。美中不足的是，丈夫乃朝中命官，每日都要早起上朝，辜负了闺中风情。"无端"二句，与王昌龄《闺怨》中"悔教夫婿觅封侯"诗意相似而又不同。王诗中女子丈夫功名未建，夫妇分离，所怨为不能相聚相亲；李诗中女子丈夫既为朝中高官，且夫妇日日共处，所怨为不能朝朝暮暮、时刻厮守。两相比较，李诗中描写的爱情，更为缱绻缠绵，也更为具体深切。当然，王诗抓住的是女子心理变化的瞬间；此诗乃直接抒情，宜乎其深挚强烈也！

——　　1　云屏：画云之屏或云母制成的屏风。无限娇：美貌无比，此指云屏后的美丽女子。凤城：相传秦穆公之女弄玉吹箫引凤，凤凰降于京城，故曰丹凤城。后因称京都为凤城。此指唐都长安。此二句意为：因为有了那云屏之后的美貌佳人，京城冬去春来之时，便有春宵苦短之感了。

　　2　无端：无缘无故。金龟婿：此指女子称做高官的丈夫。金

龟,唐代三品以上官员之佩饰,唐初佩鱼,武则天天授元年改
为佩龟,三品以上佩金龟,四品佩银龟,五品佩铜龟。

3 香衾(qīn):香暖的被窝。衾,被子。事早朝:早晨去侍奉
皇帝上朝。

隋　宫

乘兴南游不戒严¹，九重谁省谏书函²？
春风举国裁宫锦，半作障泥半作帆³。

———　隋炀帝是历史上有名的荒淫残暴之君。他在位十四年间，绝大多数时间都在淫游中度过，所到之处，耗资巨万，给广大百姓带来了无穷灾难。这种行径，也加速了隋朝灭亡的步伐。诗作选取具有典型意义的题材，深刻地揭露了隋炀帝纵欲拒谏，不顾国家安危、人民疾苦的丑恶面目，而又隐然针对唐晚期的社会现实，具有以史为鉴的现实意义。

———　1　南游：谓隋炀帝骄奢淫逸，自大业元年（605）起，多次游江都。不戒严：按礼制皇帝出行要戒严，隋炀帝自谓天下太平，不加戒备。此句盖言隋炀帝淫逸昏愦。

2　九重：皇帝的住处，这里指皇帝。省（xǐng）：省悟，省察。谏书函：函封的谏书。此句谓隋炀帝根本不理睬百官的谏议。

3　宫锦：宫中特制的锦缎。障泥：垂于马腹两侧，用以遮挡尘土泥水的马饰。此二句意谓春天到来之时，倾全国之力造出的锦缎，一半用作障泥，一半用作船帆，供炀帝出游。

瑶 池

瑶池阿母绮窗开[1],《黄竹》歌声动地哀[2]。
八骏日行三万里,穆王何事不重来[3]?

晚唐社会政治腐败,而皇帝不问国计,不恤民生,一味求仙访道,希求长生不死。而结果是误中丹毒而死。诗人借穆天子与西王母故事,对此进行了含蓄的讽刺。末二句以西王母口吻发出疑问,将讽刺之意暗蕴其中,不言而明。纪昀评此诗说:"言尽意尽矣,而以诘问之词吞吐出之,故尽而未尽。"(《李义山诗集辑评》)李商隐七绝诗,浅显易懂而又含蓄深婉,于此可见。

1 阿母:即西王母,《汉武帝内传》中称西王母为"玄都阿母"。句谓西王母打开窗子,准备迎接周穆王的再次到来。
2 《黄竹》:诗篇名。《穆天子传》:"日中大寒,北风雨雪,有冻人。天子作诗三章以哀民,曰:'我徂黄竹。'"因以"黄竹"为篇名。句谓周穆王未来,只有他南游时留下的哀民歌响彻天地。
3 八骏:传说中周穆王的八匹骏马。二句意为穆王的八骏能日行三万里,他为何时至今日还不按约定的那样重访昆仑瑶池呢?暗寓穆王已死,不能重来之意。

嫦　娥

云母屏风烛影深，长河渐落晓星沉[1]。
嫦娥应悔偷灵药，碧海青天夜夜心[2]。

　　历代诗评家皆认为，此诗寄兴深远，非仅为咏写神话人物之作。说法固多，或以为讽女冠，或以为悼亡，或以为李氏自忏错婚王氏，以致卷入党争，等等。而无论作何解，诗中嫦娥情怀寂寞，正与李氏一生不遇情状相契，自伤身世之意味明显。有论者以为作"自伤身世"解，则"悔偷灵药"之寓意难以指实。是非解诗也！诗乃抒情之什，非纪实自传。李氏诗中属意女性者较多，其中或有实事，或即虚指，此诗之难以确指其寓意，即李诗蕴藉神秘之妙，何必指实？即能指实诗作确为刺女冠或悼亡之作，亦不妨碍读者各以己情度之。事为具相，无韵可品；而情为共相，宜乎含意悠远。

1　云母：矿石名，古人以为此石为云之根，故名。可析为薄片，作屏风的装饰。烛影深：谓烛光渐渐黯淡，屏风上的阴影随之愈重。长河：指银河。晓星：晨星。二句谓女主人公坐在屏风前，独对孤灯，银河晨星将隐，天将拂晓，犹未能成眠。
2　灵药：即指长生不老药。碧海青天：如同碧海一样的青天。夜夜心：每夜都冷冷清清，故而幽思无限，惆怅难解。

贾　生

宣室求贤访逐臣[1]，贾生才调更无伦[2]。
可怜夜半虚前席，不问苍生问鬼神[3]。

　　贾谊是一个有才能、有抱负而空怀其才、不得奋志的悲剧性人物。诗借文帝虚心向贤，却不问苍生只问鬼神的典型事例，深刻地揭露了贾谊悲剧的实质：表面上似乎深受信任，而实质上却不能实现济苍生的抱负。晚唐的皇帝，亦耽于神仙之道，以致朝纲日弛、贤才不任。此诗亦为讽谏现实之作。"可怜"二字，则又道出李氏自身怀才不遇的深沉感慨。诗作既咏史实，又讽现实，更融入身世之慨，浑然天成，含蕴深远。

1　宣室：汉未央宫前殿正室。访：询问。逐臣：被贬谪的大臣，此指贾谊。贾谊被贬长沙，后来汉文帝又召他回京，在宣室接见他。

2　才调：指贾谊的才能。无伦：无人能比。

3　"可怜"二句：据《史记·屈原贾生列传》，汉文帝接见贾谊时，刚刚举行过祭神仪式，所以就鬼神事征询贾谊看法。贾谊"因具道所以然之状。至夜半，文帝前席。既罢，曰：'吾久不见贾生，自以为过之，今不及也。'"可怜，可惜。虚，徒然。前

席,在座席上向前移动,以靠近对方。苍生,百姓。二句意为:
可惜汉文帝夜半徒然前席,不问国计民生,却征询鬼神之道。

温庭筠

瑶瑟怨

冰簟银床梦不成[1]，碧天如水夜云轻。
雁声远过潇湘去[2]，十二楼中月自明[3]。

———

　　题为《瑶瑟怨》，诗写闺妇孤居独处的怨思，但通首不着一"怨"字，却从对思妇所感、所见、所闻、所居的描写中，透露出深沉的幽怨。冰簟银床，夜凉云轻，秋雁声哀，明月自照，高楼独栖，通篇布景而着以"梦不成"三字，立刻使这幅幽冷凄清的画面"活"了起来。所以宋顾乐评曰："此作清音妙思，直可追中盛名家。"(《唐人万首绝句选》)

———

1　簟：竹席。冰：喻簟之凉。银床：银饰精美的床，亦含凉意。

2　潇湘：二水名，在今湖南境内。古有湘灵鼓瑟和秋雁南飞不过湖南衡阳的传说，故用"潇湘"字；或闺中女子所思之人远在潇湘。

3　十二楼：仙人所居。《史记·孝武本纪》："黄帝时为五城十二楼，以候神人。"裴骃《集解》引应劭曰："昆仑玄圃五城十二楼，此仙人之所常居也。"此指思妇所居之处。

郑　畋

马嵬坡

玄宗回马杨妃死¹，云雨难忘日月新²。
终是圣明天子事，景阳宫井又何人³。

诗咏著名的"马嵬之变"。首二句认为天下得以平定，玄宗得以返回，是杀掉杨贵妃换来的，暗寓女色倾国之意；末二句虽言玄宗为"圣明天子"，却以南朝亡国之君陈后主事作比，则其"圣明"可知。诗作含蓄委婉，而又切露大胆，为咏此事诗中佳作。

1　玄宗回马：指两京收复后，玄宗自蜀返长安。此句意谓玄宗重返长安时，杨贵妃已经死去很久了。

2　云雨：据宋玉《高唐赋序》：楚襄王与宋玉游于云梦之台，望高唐之观，其上有朝云，王问何为朝云，玉曰昔日怀王游高唐，倦而昼寝，梦妇人入曰："妾巫山之女也，为高唐之客。闻君游高唐，愿荐枕席。"王因幸之。妇人别时云："妾在巫山之阳，高丘之阻，旦为朝云，暮为行雨，朝朝暮暮，阳台之下。"后因以云雨喻男女交合。日月新：指肃宗即位，收复长安，玄宗自蜀返回，有中兴之象，故云"日月新"。

3　景阳宫井：南朝陈景阳殿之井，又名胭脂井。祯明三年(589)，隋兵渡江南下，攻占台城，陈后主与宠妃张丽华避于井中。至夜，为隋兵抓获，后人称此井为辱井。二句谓玄宗终究是个圣明君主，能当机立断，处死杨贵妃以保社稷，而不致落到陈后主自投井中的屈辱地步。

韩偓

已　凉

碧阑干外绣帘垂[1]，猩色屏风画折枝[2]。

八尺龙须方锦褥[3]，已凉天气未寒时。

　　诗作如摄影一般，镜头由室外渐向室内推移：栏杆、门帘、画屏，终于聚焦于"八尺龙须方锦褥"。闺阁陈设布置得多么精美华丽啊！女主人公呢？"已凉天气未寒时"，欲顾左右而言他，似乎诗作要展示的只是夏秋之交的闺房。诗作至此戛然而止，通篇只是写景状物，并不展露情思，读来却令人如见佳人隐隐于闺阁一隅，意态盈盈如在目前。佳人思绪亦可由"已凉"句思而得之。闺情诗易伤于露骨、绮艳，此诗却能兼顾丽雅，含蓄委婉，诚佳作也。

1　阑干：通"栏杆"。

2　猩色：血红色。折枝：花卉画法之一，以其画花卉不带根，故名。

3　龙须：一种茎可织席的草，此指以龙须草编织的席垫。方：周遍，铺满。锦褥：锦制的垫褥。

韦　庄

金陵图

江雨霏霏江草齐[1]，六朝如梦鸟空啼[2]。
无情最是台城柳[3]，依旧烟笼十里堤[4]。

　　这是一首吊古伤今之作。刘禹锡《金陵五题·台城》诗云："台城六代竞豪华，结绮临春事最奢。万户千门成野草，只缘一曲《后庭花》。"虽称佳作，但不及韦庄这首空灵蕴藉。马时芳评曰："韦端己《台城》，赋凄凉之景，想昔日盛时，无限感慨都在言外，使人思而得之。"(《挑灯诗话》)刘永济亦曰："'六朝如梦'，一切皆空也。'依旧'之物，唯柳而已，故曰'无情'。然则，有情者不免感慨可知矣。此种写法，王士禛所谓'神韵'也。"(《唐人绝句精华》)

1　霏霏：细雨纷飞貌。
2　六朝：指相继建都金陵的三国吴、东晋、宋、齐、梁、陈六个朝代。
3　最是：正是，恰是。台城：《舆地纪胜·江南东路·建康府》："台城，一曰苑城，即古建康宫城也。本吴后苑城，晋安(应为"成")帝咸和五年(330)作新宫于此。其城唐末尚存。"

洪迈《容斋续笔》卷五："晋宋间谓朝廷禁省为台,故称禁城为台城。"遗址在今南京玄武湖畔。

4　笼:笼罩。

陈　陶

陇西行

誓扫匈奴不顾身，五千貂锦丧胡尘[1]。
可怜无定河边骨[2]，犹是春闺梦里人。

————　诗作深刻地揭露了战争的残酷性以及战争给广大妇女带来的悲惨命运。尤其是三、四句，战士已化白骨，妻子却还在闺中春梦里情意绵绵地思念他。白骨与春梦，这是何等惨烈的对比！不直写闺中人哀悼亡人，反而更显出这种境遇的凄惨。写战争如此，真可令鬼神为之泣矣！

————　1　"誓扫"二句：司马迁《报任少卿书》中记载汉大将李陵常思奋不顾身，以徇国家之急。乃提步兵五千，深入胡地，转战千里，矢尽道穷，援兵不至，士兵死伤如山。诗即用此语意。貂锦，战袍，借指战士。
2　无定河：源出内蒙古，东南流至陕西清涧入黄河，因其河道深浅不定，故名。

张　泌

寄　人

别梦依依到谢家[1]，小廊回合曲阑斜[2]。
多情只有春庭月[3]，犹为离人照落花。

　　诗人与情人多年不见，偶于梦中相会，遂作此诗，抒发感慨之情。首二句写梦中情形，梦到谢家，曲栏回绕处与情人相会；末二句写梦醒时分，见庭中月照落花。尤其以"多情""落花"四字为精警传神，月虽多情，为照落花，怎奈离人（指诗人自己）此刻情思迷茫，见此景唯更添惆怅！小诗意境缥缈，思致哀婉，写情曲折含蓄，余味无穷。

1　依依：隐约。谢家：唐诗中常称所爱慕的女子为谢娘，谢家
　　即谢娘所居，此指情人居所。
2　回合：回环。
3　春庭：春天的庭院。

无名氏

杂　诗

近寒食雨草萋萋，著麦苗风柳映堤[1]。
等是有家归未得[2]，杜鹃休向耳边啼[3]。

　　诗写滞留异乡的游子愁思。首二句纯以景物渲染，春景如画，而游子之乡思更加缭乱；末二句因归不得而怨杜鹃啼鸣，以无理之埋怨，深化了这种有家归不得的幽怨。诗作浅显如口语，感情朴素深挚，颇有动人之处。

[1]　萋萋：草生长茂盛貌。著(zhuó)麦苗：吹入麦苗。二句谓将近寒食节时，春雨绵绵，草因此更加茂盛；风吹麦苗，柳树与河堤掩映。

[2]　等是：等于。

[3]　"杜鹃"句：以杜鹃啼声似"不如归去"，游子听了，会更加伤心，故云"休向耳边啼"。

乐　府

王　维

渭城曲

渭城朝雨浥轻尘，客舍青青柳色新[1]。
劝君更尽一杯酒[2]，西出阳关无故人[3]。

这是一首著名的送别绝句，当时便谱曲传唱，号为"阳关三叠"。白居易《对酒五首》中有"相逢且莫推辞醉，听唱《阳关》第四声"句，可见传唱之盛、影响之大。写这首诗时，王维初次领略了塞上风光，政治理想破灭后的悲观情绪一扫而光，心境犹如开阔辽远的塞外一样，充满了积极乐观的情调。诗乃送别友人所作，首二句写景，暗寓依依难舍之情；末二句直接抒情，友人将赴边远之地，诗人既恋恋不舍，又能以豪放语解脱伤感：再喝一杯酒吧，出了阳关便没有老朋友陪你喝酒了，所以要喝个痛快啊！既表现了殷殷友情，又开朗乐观，摆脱了一般送别诗中灰色的伤感，犹如一缕清风，使人觉得精神为之一爽。正因如此，这首诗才为广大群众所喜闻乐见，至今传唱不衰。

1　浥轻尘：雨后尘土被沾湿，不再飞扬。浥，沾湿，湿润。柳色新：柳树上尘土被雨水冲尽，在晨光中愈显清新，故云"柳色新"。

2　更：再，再次。

3　阳关：故址在今甘肃敦煌西南，因居玉门关之南得名，汉代置，为古时通往西域的重要关隘。

秋夜曲

桂魄初生秋露微[1]，轻罗已薄未更衣[2]。
银筝夜久殷勤弄[3]，心怯空房不忍归[4]。

　　诗作描写寂寞闺情。首二句言秋露已降，而女主人公尚
不肯加衣。或许是她心绪不佳，慵懒无趣；或许是她思念什
么人太专注，以至于忘了寒冷？三、四句则进一步点明女主人
公心境，独宿空房的凄冷实在难以承受，所以她不停地弹筝，
好像特别喜欢弹筝一样，故曰"殷勤弄"，实则借此以慰寂寞。
诗作以素描出之，少做主观之语，而女主人公空虚寂寞的情
怀，却浸透于字里行间，缠绵伤感，韵味悠长。

1　桂魄：月亮的别称。
2　轻罗：轻软的丝织品。句谓天气渐冷，身上衣单已难御寒，
但因心绪缭乱，故懒得更换衣服。
3　银筝：华美的筝。此句意谓因心情寂寥，故专注于弹琴。
4　"心怯"句：谓独宿冷清寂寞，故夜深尚怕回房。

王昌龄

长信怨

奉帚平明金殿开[1]，暂将团扇共徘徊[2]。
玉颜不及寒鸦色，犹带昭阳日影来[3]。

———　古代宫廷中的妇女，其命运不取决于她们自身的才德，只取决于能不能受到皇帝的宠爱。而这种宠爱，又往往出于一时冲动，因此即使曾受宠爱，也免不了终遭捐弃的命运，班婕妤即是一例。诗作想象奇特而情景又切合物理，含蓄蕴藉，哀感缠绵，成为宫怨诗中的佳作。

———　1　奉帚：持帚洒扫。平明：天刚亮。此句谓清早殿门开时，即拿着扫帚扫地。

2　"暂将"句：谓姑且拿起团扇来消磨时光。团扇，相传班婕妤曾作《咏扇诗》（即《怨歌行》）："新裂齐纨素，皎洁如霜雪。裁为合欢扇，团团似明月。出入君怀袖，动摇微风发。常恐秋节至，凉飙夺炎热。弃捐箧笥中，恩情中道绝。"以秋扇见弃，抒发自己被弃的哀怨之情。

3　玉颜：美丽的容貌。昭阳：即昭阳宫，为赵飞燕姊妹所居。日影：昭阳宫在东方，故云"日影"。此处双关，亦指皇帝的恩

泽。二句谓寒鸦因从昭阳宫飞来,因还有日影而显得羽毛润

泽,自己的美貌却因失宠而憔悴,甚至不如寒鸦润泽可人。

出　塞

秦时明月汉时关，万里长征人未还[1]。
但使龙城飞将在[2]，不教胡马度阴山[3]。

王昌龄的边塞诗数量不多，而几乎篇篇佳作，所以后人亦尊之为边塞诗派的代表作家。之所以能如此，是因为诗人到过边塞，对边塞生活有深刻的体验和深入的思考，所以他的边塞诗能够真实、全面地反映当时的边塞生活。这首诗以凝练的语言，融历史与现实、憧憬与批判为一体，既反映了千年来边塞祸患不断、征战连年的历史，又以"飞将""胡马""龙城""阴山"等富有内涵的典型形象，抨击了现实中昏庸无能的边将，并且传达出愿学李将军为国靖边、建功立业的豪情壮志。而这样丰富的内容，只在寥寥二十八字中，举重若轻，毫无雕琢之痕。由此可见，只有抓住了事物的本质，并善于将形象与本质紧密结合，才能写出这种浑然天成的佳作。

1　"秦时"二句："秦时明月"与"汉时关"乃互文见义，意即秦、汉时的明月，秦、汉时的关塞，一切都没有改变。万里，言极远。长征，远行，多用于军旅征戍。

2　但使：只要。龙城：即黄龙城，又名龙都、和龙城，唐属营州柳城郡，故址在今辽宁朝阳。飞将：指汉名将李广。此以飞将喻指像李广那样守边御敌的军事统帅。

3　胡：指匈奴等北方少数民族。阴山：在今内蒙古中部，匈奴常越过阴山来犯汉境。

李 白

清平调（三首）

云想衣裳花想容[1]，春风拂槛露华浓[2]。
若非群玉山头见，会向瑶台月下逢[3]。

此诗不正面描写杨贵妃的具体长相，而是巧妙地运用比喻、拟人、夸张、想象等艺术表现手法，侧面表现出杨贵妃美貌如花，貌比天仙，不露痕迹，浑然天成。

1 "云想"句：谓云朵想与杨贵妃的衣裳相比，花儿想与杨贵妃的容貌相比，极言贵妃衣饰、容颜之美。

2 "春风"句：以春风吹拂下、凝露而开的牡丹花，喻杨贵妃国色天香。槛，花圃的围栏。

3 群玉山：《穆天子传》载，周穆王北征至于群玉之山，与西王母相会。此处以西王母居处指代仙界，暗寓杨贵妃貌比天仙之意。瑶台：亦西王母居处。

一枝红艳露凝香，云雨巫山枉断肠[1]。
借问汉宫谁得似？可怜飞燕倚新妆[2]。

　　此诗首句仍以花喻美人，与上首呼应勾连。主要以贬低著名美女——巫山神女与赵飞燕姿色的手法，进一步烘托出贵妃美艳。想象纵横开阔，笔法挥洒自如。而贵妃之美，至此虽稍具体化，仍未见其庐山真面目。

1　"云雨"句：意谓楚王与巫山神女的故事徒然令人断肠，那美貌的神女是虚妄不实的，现实中无人能与杨贵妃的美貌、荣宠相比。

2　借问：犹请问。谁得似：谁能相比。可怜：可爱。飞燕：即赵飞燕，本阳阿公主家歌女，以貌美善歌舞为汉成帝宠幸，立为皇后。后因私通赤凤，废为庶人，自杀。倚新妆：倚靠梳妆。此句谓杨贵妃的美貌，即使美如赵飞燕，亦需倚靠梳妆打扮才能相比美。按，或以为李白以赵飞燕暗刺杨贵妃宫闱不检，非。诗人只是借用飞燕新妆，比喻杨贵妃美貌，且玄宗、杨贵妃都有很高的素养，李白怎敢当面讽刺皇帝的宠妃！

　　　名花倾国两相欢[1]，常得君王带笑看。
　　　解释春风无限恨[2]，沉香亭北倚阑干[3]。

　　此诗写唯有牡丹与贵妃的国色天香，才能消解唐玄宗的怅恨；而"带笑看"，极言贵妃美色的魅力无穷。诗中人、花交映相融,言在此而意在彼,手法高妙,无怪玄宗与贵妃当时就和乐歌唱,十分赞赏。

1　名花:此指玄宗与杨贵妃所赏牡丹花。倾国:喻美人,此指杨贵妃。

2　春风:喻指杨贵妃。句谓杨贵妃像和煦的春风,能消解玄宗的万般怅恨。

3　沉香亭:以沉香木制的亭子,在长安兴庆宫龙池东北。

王之涣

出　塞

黄河远上白云间，一片孤城万仞山[1]。
羌笛何须怨《杨柳》[2]，春风不度玉门关[3]。

　　这是一首边塞诗杰作。诗人写景时，以"黄河"与"白云"相接，"万仞山"与"一片孤城"相衬，气势开阔，物象壮美，形象鲜明地画出一幅雄奇苍茫、险要荒凉的"塞上图"，奠定了慷慨、悲壮的基调。三、四句转入写情，以孤城中袅袅一曲《折杨柳》，写尽边地生活的凄凉寂寞。"何须怨"三字，表面上是劝说边地将士，实际寄托着诗人对征人遭遇的真挚同情，悠扬婉转，含吐不露，与首二句前后呼应，读来更有无限感慨。王士禛将此诗与王维的《渭城曲》、李白的《下江陵》、王昌龄的《长信怨》并称，以为"终唐之世，亦无出四章之右者矣"（沈德潜《说诗晬语》卷上）。而这四首中，只王之涣诗为边塞诗，可见其艺术成就之高、艺术魅力之大。

1　孤城：指玉门关。万仞：古以八尺为一仞，此极言其高。
2　《杨柳》：古乐府横吹曲《折杨柳》省称，多为伤春悲离、念远怀人之作。古代常折柳送别，吹笛怨杨柳，即伤离别之意，此泛指哀怨之音乐。

3　"春风"句：谓边地寒苦，春风不至，暗寓边地僻远、皇恩难及之意。

杜秋娘

金缕衣

劝君莫惜金缕衣，劝君惜取少年时[1]。
花开堪折直须折，莫待无花空折枝。

此诗以金缕衣起兴，暗寓"寸金难买寸光阴"之意，劝人珍惜少年时光。又接之以"花枝"比喻少年时光，以"无花空折枝"告诫人们如蹉跎岁月，待韶光流逝，将后悔莫及。诗意单纯而强烈，一唱三叹，婉转悠扬，虽有劝人及时行乐之嫌，而"花开堪折直须折，莫待无花空折枝"，却以其新鲜形象的比喻，给人留下深刻的印象，在一定程度上，亦能起到"少壮不努力，老大徒伤悲"的规劝作用。

1　金缕衣：饰以金缕的舞衣。此二句犹言金缕衣虽贵，而不足珍惜，少年时光才应该予以珍惜。

作者简介

　　张九龄(678—740),字子寿,一名博物,韶州曲江(今广东韶关)人,故世称"张曲江"。长安二年(702)进士。历官校书郎、左拾遗、左补阙、司勋员外郎、中书舍人、洪州都督、中书侍郎等职。开元二十八年(740)病卒,年六十三,谥文献。九龄为唐名相,刚正不阿,直言敢谏,深谋有远识。又工诗能文,尤擅五言古诗,为盛唐前期重要诗人。其写景抒情诸作,以秀雅清淡为宗,实开王孟一派。

　　李白,字太白,自号青莲居士,故世称"李青莲"。排行十二。祖籍陇西成纪(今甘肃秦安)。他的出生地,众说纷纭,当以大致划定在西域为近是。幼年随父迁居绵州昌隆(今四川江油)。少年即博览群书,喜纵横术,击剑任侠,求仙学道。二十五六岁时,出蜀东游,在安陆(今属湖北)与故相许围师孙女结婚。后移居任城(今山东济宁),与孔巢父、韩准、裴政、张叔明、陶沔等隐于徂徕山,号"竹溪六逸"。天宝元年(742),因玉真公主荐,玄宗诏入长安,供奉翰林,故世称"李供奉""李翰林"。往见贺知章,贺奇其文才风骨,呼为"谪仙人",故世称"李谪仙"。与贺知章、李适之、李琎、崔宗之、苏晋、张旭、焦遂等称为"饮中八仙"。后遭谗谤,不被重用。天宝三载赐金还山,在洛阳与杜甫相识,同游梁宋、齐鲁等地。安史之乱爆发,参加永王李璘幕府。后李璘兵败,李白获罪流放夜郎(今贵州桐梓一带),途中遇赦,得以东归。后卒于当涂(今属安徽)县令李阳冰家。代宗时,诏授左拾遗,时李白已卒,故世又称"李拾遗"。李白是继屈原之后我国最伟大的浪漫主义诗人,他与杜甫并称为"诗歌史上的双子星座",代表了我国古典诗歌的最高成就。韩愈写诗赞曰:"李杜文章在,光芒万丈长。"(《调张籍》)对后世影响至为深远。他的诗现存约千首。有《李太白集》传世。

　　杜甫(712—770),字子美,排行二,巩县(今河南巩义市)人。因远祖杜预为京兆杜陵(今陕西西安东南)人,故自称"杜陵布衣""杜陵野老""杜陵野客"。青年时期曾漫游三晋、吴越、齐赵等地,追求功名,应试不第。天宝十载(751)正月,玄宗举行祭祀太清宫、太庙和天地的三大盛典,杜甫乃于九载冬预献"三大礼赋",玄宗奇之,命待制集贤院。安史乱起,曾陷贼中。肃宗至德二载(757)四月,甫自长安逃出,奔赴凤翔行在,授左拾遗,故世称"杜拾遗"。旋因疏救房琯,被贬华州司功参军。后弃官流寓陇、蜀、湖、湘等地,所谓"漂泊西南天地间"。其间曾卜居成都浣花溪畔,人又称"杜浣花"。因代宗广德二年(764)剑南节度使严武表奏为节度参谋、检校工部员外郎,故世称"杜工部"。两《唐书》有传。杜甫生当李唐王朝由盛转衰的历史时期,他的诗广泛而深刻地反映了安史之乱前后的现实生活和社会矛盾,向被誉为"诗史"。他是我国古典诗歌的集大成者,诸体兼擅,无体不工,律切精深,沉郁顿挫,被后世尊为"诗圣"。现存诗一千四百余首。有《杜工部集》行世。

　　王维(700—761,或谓698生,701生),字摩诘,排行十三。祖籍太原祁县(今属山西),后徙家于蒲州河东郡(今山西永济西),遂为河东人。开元九年(721)进士,授太乐丞。二十三年,张九龄荐为右拾遗。天宝元年(742)改官左补阙,十四载迁给事中。十五载,安史乱起,陷贼,迫授伪职。西京收复,肃宗责授太子中允,迁太子中庶子、中书舍人,改给事中。上元元年(760),转尚书右丞,故世称"王右丞"。上元二年七月卒,享年六十二。王维奉佛,笃信禅宗,诗饶禅趣,故人称"诗佛"。王维性喜山水,在蓝田营建辋川别墅,弹琴赋诗,啸咏终日,长期过着亦官亦隐的生活。他是盛唐山水田园诗派的代表作家,向与孟浩然并称"王孟"。王维是一位艺术天才,也是一位艺术全才,他诗、文、书法、音乐、绘画,样样精通。现存诗四百余首,有《王右丞集》传世。

──　孟浩然(689—740),名浩,以字行。襄州襄阳(今属湖北)人,世称"孟襄阳"。曾隐居鹿门山。开元十六年(728),至长安应试,落第回乡。二十八年,友人王昌龄自岭南赦还,相见欢饮,食鲜疾发而卒,年五十二。孟浩然可谓一生布衣,过的虽是隐居与漫游生活,但并未忘情仕进。他和王维同为盛唐山水田园诗派的代表作家,并称"王孟"。他的诗风格冲淡清幽,但"冲淡中有壮逸之气"(《唐音癸签》卷五引《吟谱》)。尤工五言诗,现存诗二百六十余首,有《孟浩然集》传世。

──　王昌龄(690?—756? 或谓698—757),字少伯,京兆万年(今陕西西安)人。开元十五年(727)进士及第,授校书郎。二十二年登博学宏辞科,迁汜水(今河南巩义市东北)尉。后以事贬岭南,北归后改江宁(今江苏南京)丞,世称"王江宁"。天宝中,再贬龙标(今湖南黔阳)尉,世又称"王龙标"。安史乱起,避乱江淮,为濠州刺史闾丘晓所杀。王昌龄为开元、天宝间著名诗人,有"诗家天(一作夫)子王江宁"之称。尤擅七绝,时与李白并称。现存诗一百八十多首,有《王昌龄集》传世,还有《诗格》等著作。

──　丘为(703?—798?),苏州嘉兴(今属浙江)人。累举不第,归山读书数年。天宝二年(743)进士及第。与王维、刘长卿相友善。历官主客郎中、司勋郎中、太子右庶子,以左散骑常侍致仕。事继母至孝,闻名于世。卒年九十六。现存诗十余首,多写田园风物,格调清幽淡逸。

綦(qí)毋潜(692?—755?),字孝通,虔州(今江西赣县)人。开元十四年(726)登进士第,历官集贤院待制、校书郎、右拾遗,终著作郎。与王维、李颀、储光羲、韦应物等人相友善。他的诗清丽雅秀,"善写方外之情"(《河岳英灵集》)。《全唐诗》存诗一卷。

常建,生卒、里籍、字号均不详。开元十五年(727)进士。曾官盱眙(今属江苏)尉。后隐居鄂渚西山(今湖北鄂城西)。与王昌龄有交往。常建诗多写田园风光、山林逸趣,意境恬淡清迥,语言洗练自然,风格质朴清新,为盛唐山水田园诗派的重要作家。今存诗五十余首。有《常建集》。

岑参(715—770;或谓717生),江陵(今湖北荆州)人。其家三世为相,但自伯父岑羲伏诛后,家道衰落。天宝三载(744)登进士第,授右内率府兵曹参军。八载,入安西四镇节度使高仙芝幕任掌书记。十三载,又在封常清幕任安西北庭节度判官,后迁支度副使。西北多年的军旅生活,是岑参一生中最富传奇色彩的重要时期,他的边塞名篇多作于此时。安史乱后,参始东归。后历官右补阙、虢州长史等。后罢官,卒于成都旅舍。岑参为盛唐边塞诗派的代表作家,与高适齐名,并称"高岑"。他的边塞诗雄奇瑰丽,风格奇峭,读来令人慷慨感奋。今存诗约四百首,有《岑嘉州集》。

元结(719—772,或谓715生),字次山,自号元子、猗玕子、浪士、漫郎、漫叟、聱叟。世居太原(今属山西),后移居鲁山(今属河南)。天宝十三载(754)进士及第。历官右金吾兵曹参军、水部员外郎、荆南节度判官、道州、容州刺史、左金吾卫将军。后病逝于长安。元结为干才,有政绩,关心人民疾苦,有忧道悯世之心。诗风朴拙无华,韵味稍逊,对后世颇有影响。尝编选时人诗为《箧中集》。有《元次山集》传世。

韦应物(737—792?),京兆万年(今陕西西安)人。出身名门望族,十五岁即以三卫郎为玄宗近侍。历官洛阳丞、尚书比部员外郎、滁州刺史、江州刺史、苏州刺史等。约贞元八年(792)卒于苏州。韦应物为中唐著名诗人。其诗众体兼擅,尤长于五言,题材广泛,而以山水田园诗最著。后人往往将他与王维、孟浩然、柳宗元并称为"王孟韦柳",或与柳宗元并称

"韦柳",又将其与陶渊明并称"陶韦"。

柳宗元(773—819),字子厚,祖籍河东(今山西永济),世称"柳河东"。德宗贞元九年(793)进士,十四年登博学宏词科,授集贤殿正字,迁蓝田尉。二十一年擢升礼部员外郎,积极参加王叔文革新集团。"永贞革新"失败,被贬永州(今属湖南)司马。宪宗元和十年(815)正月,召回京师。三月又出为柳州(今属广西)刺史,十四年卒于任所,世称"柳柳州"。柳宗元是唐代著名的哲学家、文学家。他和韩愈同是古文运动的倡导者,并称"韩柳",为"唐宋八大家"之一。他虽然"文掩其诗",但其诗内容广泛,风格多样,尤其是山水记游之作,向与韦应物并称"韦柳"。其诗不拘一格而又自成一格,苏轼称其"发纤秾于简古,寄至味于淡泊"(《书黄子思诗集后》),"外枯而中膏,似淡而实美"(《评韩柳诗》)。现存诗一百六十余首,有《柳河东集》。

孟郊(751—814),字东野,湖州武康(今浙江德清)人。少隐嵩山,称处士。屡试不第,贞元十二年(796)中进士,时已四十六岁。孟郊潦倒一生,但颇有诗名,时与韩愈并称"韩孟"。为诗刻意苦吟,思苦奇涩。苏轼称他"诗从肺腑出,出辄愁肺腑"(《读孟郊诗二首》其二)。并将他与贾岛并称"郊寒岛瘦"(《祭柳子玉文》),稍寓贬义。孟郊诗今存五百余首,有《孟东野诗集》传世。

——　陈子昂(659—700;或谓661—702、658—699),字伯玉,一说名冕,字子昂,梓州射洪(今属四川)人。文明元年(684)进士。武后奇其才,擢麟台正字,世称"陈正字"。转右卫胄曹参军,升右拾遗,世因称"陈拾遗"。曾两次从军边塞,参加反对制造民族分裂的战争。后以父老解官归侍,为县令段简诬陷死于狱中。陈子昂为初唐重要作家,论诗强调"兴寄",提倡"汉魏风骨""正始之音",反对齐梁绮靡文风,为诗歌走向盛唐做出了卓越贡献。现存诗一百二十余首,有《陈伯玉文集》传世。

——　李颀(690?—754?),长期居住颍阳(今河南登封)东川,有别业在焉,故世称"李东川"。开元二十三年(735)进士及第,调新乡(今属河南)县尉,世称"李新乡"。久不迁调,乃归隐东川。李颀性疏简,厌薄世务,慕神仙,好道术,服饵丹砂,结好尘嚣之外。与王维、高适、王昌龄等相友善,有诗酬赠。李颀为盛唐著名诗人,风格奇拔雄浑,清新秀丽,尤擅七言。现存诗一百二十余首,有《李颀集》。

韩愈（768—824），字退之，河南河阳（今孟州）人。郡望昌黎，故世称"韩昌黎"。幼孤力学，三试不第，贞元八年（792）方中进士，又三试博学宏辞而不入选。历任监察御史、刑部侍郎、国子祭酒、兵部侍郎、吏部侍郎、京兆尹等职，世称"韩吏部"。卒谥文，世又称"韩文公"。韩愈为唐代著名思想家，以弘扬儒家道统为己任。又是杰出的散文家，为"唐宋八大家"之一。他和柳宗元倡导的古文运动，开辟了唐宋以来古文的发展道路，苏轼称其"文起八代之衰，而道济天下之溺"（《潮州韩文公庙碑》）。韩愈又是开宗立派的诗人，他是韩孟（郊）诗派的领袖人物，以文为诗，以议论为诗，风格奇崛险怪，豪健奔放，但亦有平易清新之作。现存诗四百余首，有《昌黎先生集》行世。

白居易（772—846），字乐天，号香山居士、醉吟先生，下邽（今陕西渭南）人。祖籍太原（今属山西），出生于郑州新郑（今属河南）。贞元十六年（800）进士及第。十八年，中书判拔萃科，授秘书省校书郎。元和元年（806），中才识兼茂明于体用科，授盩厔（今陕西周至）县尉。后历官翰林学士、左拾遗等职。元和十年，被贬江州（今江西九江）司马。因晚年官太子少傅，故世称"白傅""白太傅"。卒谥文，世又称"白文公"。白居易为唐代著名诗人，与元稹友善，皆以诗名，时号

"元白"。又与刘禹锡齐名,并称"刘白"。他是中唐新乐府运动的倡导者,继承并发展了我国自《诗经》以来直到杜甫的现实主义传统,主张"文章合为时而著,歌诗合为事而作",强调诗歌的现实内容和社会作用。诗作风格平易浅近,明畅通俗,因而广为流传。现存诗近三千首,是唐代诗人中数量最多的,有《白氏文集》传世。

　　李商隐(813—858,或谓811、812生),字义山,号玉谿生、樊南生,郡望陇西成纪,祖籍怀州河内(今河南沁阳),后迁居郑州荥阳(今属河南)。九岁丧父,少有文名。文宗大和三年(829)入天平军节度使令狐楚幕为巡官,甚得赏识。六年,令狐楚调河东节度使,商隐随至太原。开成二年(837)进士及第。入泾原节度使王茂元幕为掌书记,王爱其才,以女妻之。时牛(僧孺)李(德裕)党争激烈,商隐无辜受其牵累,屡遭排挤,先后做过校书郎、县尉、秘书省正字、节度判官一类小官,在忧愤潦倒中度过一生。李商隐为晚唐著名诗人,与杜牧齐名,时称"小李杜"。又与温庭筠并称"温李"。其诗伤时忧国,深情绵邈,用事婉曲,寄托遥深,字字锤炼,精密华丽,博取众长,独标一格。张綖誉为"晚唐之冠"(《刊西昆诗集序》),对后世影响颇大。现存诗六百余首。商隐亦是晚唐骈文名家。有《李义山诗集》《樊南文集》行世。

高适（700—765，或谓701、702、704、706生），字达夫，德州蓨（tiáo）（今河北景县）人。天宝三载（744），与李白、杜甫同游梁宋，共登吹台，为一时之盛事。八载，举有道科及第，授封丘县尉。十一载辞官去长安，秋与杜甫、岑参等同登慈恩寺塔。后任左拾遗、监察御史、侍御史、谏议大夫、刑部侍郎、左散骑常侍，故世称"高常侍"。进封渤海县侯。永泰元年（765）卒，赠礼部尚书，谥曰忠。高适为盛唐边塞诗派的代表作家，与岑参齐名，并称"高岑"。二人诗风同属悲壮，但高悲壮质实，岑悲壮奇峭，所谓"岑超高实"，又各具特色。现存诗二百余首，有《高常侍集》行世。

唐玄宗（685—762），即李隆基，玄宗是其庙号。睿宗李旦第三子，常自称"三郎"。中宗暴卒，率军平韦后之乱，迎立睿宗。延和元年（712），睿宗禅位，八月即皇帝位，改元先天。先天二年，又平太平公主之乱，巩固了统治地位。玄宗在位长达四十五年，是唐朝在位最久的一位皇帝。前期励精图治，国力强盛，经济繁荣，史称"开元之治"。后期荒于政事，任用非人，沉溺声色，招致"安史之乱"。天宝十五载七月，太子李亨于灵武即位，是为肃宗，尊玄宗为太上皇。后抑郁而死，享年七十八。谥曰"至道大圣大明孝皇帝"，世称"唐明皇"。玄宗精通音律，能自度曲，又善书法，工诗能文，是历史上一位有名的多才多艺的皇帝。现存诗约七十首。丁仪说他"为诗远追古人,近蔑齐梁。建安一体,开盛唐之风,帝实肇之"(《诗学渊源》卷八)。

王勃(650—676,或谓649生,或谓675卒),字子安,绛州龙门(今山西河津)人。隋末著名学者王通之孙。早慧好学,被誉为"神童",荐之于朝,对策高第,授朝散郎,征为沛王府侍读,因事被逐出府。高宗总章二年(669)夏,南游巴蜀,后补虢州参军,因匿杀官奴,死罪当诛,遇赦除名。其父王福畤亦坐贬交趾(今越南河内西北)令。上元二年(675)秋,勃随父赴任,路经洪州(今江西南昌),作有著名的《滕王阁序》。三年八月,不幸溺海死,年仅二十七岁。王勃与杨炯、卢照邻、骆宾王同以诗文齐名,并称"王杨卢骆",号为"初唐四杰"。唐初文风沿袭齐梁,而从文学自身发展的角度自觉地反对齐梁绮靡文风,负起唐诗开创的时代使命的,正是"四杰"。王勃被推为"四杰"之首。陆时雍曰:"王勃高华,杨炯雄厚,照邻清藻,宾王坦易。子安其最杰乎?调入初唐,时带六朝锦色。"(《诗镜总论》)胡应麟谓其五言律"兴象婉然,气骨苍然,实首启盛(唐)中(唐)妙境。五言绝亦舒写悲凉,洗削流调。究其才力,自是唐人开山祖"(《诗薮·内编》卷四)。闻一多称"五律到王杨的时代是从台阁移至江山与塞漠"

（《四杰》），扩大了诗的题材范围。现存诗百首左右，有《王子安集》。

骆宾王（635 ？—684 ？　尚有生于 619、622、626、627、640 诸说），字观光，婺州义乌（今属浙江）人。七岁能属文，作《咏鹅》诗，号称神童。乾封元年（666），应举及第，拜奉礼郎，为东台详正学士。以事罢职，从军西北。仪凤三年（678），授长安主簿，旋迁侍御史，被诬下狱。调露二年（680）夏，除临海丞，世称"骆临海"。武后光宅元年（684），徐敬业（即李敬业）在扬州起兵讨武则天，宾王为记室，作《代李敬业传檄天下文》，兵败不知下落，或谓被杀，或谓投水死，或为亡命不知所之，甚或传说落发为僧，遂成千古之谜。骆宾王为"初唐四杰"之一，为诗擅长七言歌行，与卢照邻同创初唐近体歌行破奇为偶、四句一转、上下蝉联、以赋为诗的基本体式。吴之器称其"五言气象雄杰，构思精沉，含初（唐）包盛（唐），卓然鲜俪。七言缀锦贯珠，汪洋洪肆。《帝京》《畴昔》，特为擅场；《灵妃》《艳情》，尤极凄靡。虽本体间有离合，抑亦六代之遗则也"（《骆丞列传》）。现存诗约一百三十首，有《骆宾王文集》行世。

杜审言（645 ？—708），字必简，洛州巩县（今河南巩义）

人。大诗人杜甫祖父。咸亨元年（670）进士。历官洛阳丞、著作佐郎、膳部员外郎、国子监主簿、修文馆直学士。景龙二年冬病卒。审言少与李峤、崔融、苏味道为"文章四友"，世号"崔李苏杜"。为人恃才傲物，但能诗工书，对近体诗的形成贡献颇大。现存诗四十三首，古诗仅二首，五律多达二十八首，只有二首不合律、七绝三首全合律，五排七首，《和李大夫嗣真奉使存抚河东》长达四十韵，在初唐是极为罕见的。他的诗由绮靡纤弱转向壮阔雄浑，体现了唐代初、盛过渡时期的特色。有《杜审言诗集》传世。

沈佺期（656？—715？），字云卿，相州内黄（今属河南）人。上元二年（675）进士。圣历中，预修《三教珠英》。历官考功员外郎、给事中、起居郎、修文馆直学士、中书舍人，终太子少詹事，世称"沈詹事"。玄宗开元初卒。沈佺期与宋之问齐名，二人俱以律诗见称，时号"沈宋"。沈、宋对律诗的贡献就是在总结前人和时人创作实践经验的基础上，使律诗在形式上定型化，使近体诗和古体诗的界限有了更明确的划分，这主要表现在声律理论的精切化和律诗创作的规范化上。可以说，近体诗的诗律规范在沈、宋时代已基本完成，这在中国诗歌发展史上是有重要意义的。沈、宋为御用文人，所作应制诗没有多大意义，写得好的，还是那些反映贬谪生活和抒发内心情思的作品。沈佺期现存诗约一百六十首，明人辑有《沈佺期集》行世。

宋之问（656？—713？），一名少连，字延清，汾州西河（今山西汾阳）人，一说虢州弘农（今河南灵宝）人。与沈佺期同为上元二年（675）进士。预修《三教珠英》。历官鸿胪主簿、户部员外郎兼修文馆直学士、考功员外郎，世称"宋考功"。玄宗先天中，赐死徙所。宋之问人品不足取，但能诗，与沈佺期齐名。沈、宋对唐代近体诗的发展，有着不可磨灭的贡献，可以说，律诗的发展，到了沈、宋，才真正进入自觉的阶段。正如赵翼所说的："至唐初沈、宋诸人，益讲求声病，于是五七律遂成一定格式，如圆之有规，方之有矩，虽圣贤复起，不能改易矣。"（《瓯北诗话》卷十二）沈、宋并称，但各具千秋。胡应麟曰："沈、宋本自并驱，然沈视宋稍偏枯，宋视沈较缜密。沈制作亦不如宋之繁富。"（《诗薮·内编》卷四）现存诗二百余首，明人辑有《宋之问集》行世。

王湾，生卒年不详，洛阳（今属河南）人。玄宗先天元年（712）进士。开元初，为荥阳（今属河南）主簿。五年至九年，参与编撰《群书四部录》集部书目，书成，任洛阳尉。十七年，曾任朝官，此后行迹莫考。王湾词翰早著，为天下所称。往来吴、楚间,多有著述。现存诗十首,以《次北固山下》最著名。谭宗评其诗曰:"湾诗精思俊气,如极秀迈人,虽布袄芒靴,必剪制不同,迥出尘外。"(《近体秋阳》卷一)

　　刘长卿(714?—790?),字文房,洛阳(今属河南)人。至德间进士及第,授长洲(今江苏吴江)尉,摄海盐(今属浙江)令。乾元元年(758),贬南巴(今广东电白东)尉。广德间,官殿中侍御史。大历中,以检校祠部员外郎出任转运使判官,知淮西、鄂岳转运留后。为鄂岳观察使吴仲孺诬奏犯赃,贬睦州(今浙江建德)司马。后迁随州(今属湖北)刺史,世称"刘随州"。晚年流寓江淮间,约贞元六年(790)前后卒。刘长卿为中唐前期著名诗人,与钱起、郎士元、李嘉祐并称"钱郎刘李"。他作诗自许为"五言长城"。诗歌内容比较广泛,风格工秀邃密又婉而多讽。现存诗五百余首,有《刘随州文集》行世。

　　钱起(715?—780年后),字仲文,吴兴(今浙江湖州)人。开元二十六七年(738—739)间,曾游荆州,与被贬荆州长史的张九龄相唱和。天宝九载(或十载)进士及第,授秘书省校书郎。乾元二年(759)任蓝田县尉,与王维过从甚密。约在广德二年(764)入朝任职。大历中,历祠部员外郎、司勋员外郎。官终考功郎中，世因称"钱考功"。钱起有诗名，为"大历十才子"之一，又与郎士元并称"钱郎"。高仲武编《中兴间气集》选大历诗人诗，以钱起为首，并评其诗曰："员外诗，体格新奇，理致清赡。越从登第，挺冠词林。文宗右丞（王维），许以高格。右丞没后，员外称雄。芟齐宋之浮游，削梁陈之靡嫚。迥然独立，莫之与群。"有《钱考功集》十卷传世，《全唐诗》据之编为四卷，共录诗五百三十一首，其中混入他人诗作不少，已考出为其曾孙钱珝诗的，就多达一百二十一首。

　　韩翃，生卒年不详。字君平，南阳（今属河南）人。天宝十三载（754）进士。宝应元年（762），淄青节度使侯希逸署为幕中从事、检校金部员外郎。后归京闲居十年。又入汴宋节度使幕任职。建中元年（780），德宗以其有诗名，擢为驾部郎中、知制诰，官终中书舍人。韩翃为"大历十才子"之一，存诗较多，大都是送行赠别、流连光景之作。高仲武评其诗曰："韩员外诗，匠意近于史，兴致繁富，一篇一咏，朝士珍之，多士之选也。"（《中兴间气集》）徐献忠曰："君平意气清华，才情俱秀，故发调警拔，节奏琅然，每一篇出，辄相传布，亦雅道之中兴也。"（《唐诗品》）有《韩君平集》行世。

　　刘眘（古"慎"字）虚，生卒年不详，字全乙，洪州新吴（今江西奉新）人。开元二十一年（733）进士，累官弘文馆校书郎。虽诗负盛名，但流落不偶。殷璠《河岳英灵集》录其诗十一首，并云："眘虚诗，情幽兴远，思苦词奇，忽有所得，便惊众听。顷东南高唱者十数人，然声律婉态，无出其右。唯气骨不逮诸公。自永明已还，可杰立江表。……惜其不永，天碎国宝。"是眘虚卒于天宝十二载（753）前。其性高古，脱略势利，啸傲风尘，与孟浩然、高适、王昌龄等友善。乔亿谓其诗"空明深厚，饶有理趣"（《剑溪说诗》卷上）。《全唐诗》编其诗为一卷，仅十五首，尚杂有他人之作。

戴叔伦（732—789），字幼公，一字次公；一说名融，字叔伦，润州金坛（今属江苏）人。曾从萧颖士学。至德间，避乱流寓鄱阳。广德元年（763），刘晏表荐为秘书省正字，延入幕中。历任广文博士、大理司直、抚州刺史。以政绩卓异，封谯县开国男。后辞官隐居。贞元四年（788），授容州刺史、兼御史中丞充本管经略使，世因称"戴容州"。五年四月，以疾受代，上表请度为道士。六月北还，卒于道。戴叔伦为大历、贞元间重要诗人，但体格不高，气骨稍软。丁仪谓其"诗清新曲雅，而不涉秾纤"（《诗学渊源》卷八）。乔亿曰："戴叔伦诗，品既不高，体又不健，只以指事陈词婉切动人，不可谓非唐音之肉好者。"（《大历诗略》卷六）《全唐诗》编其诗为二卷，录诗约三百首,而可确定为伪作的有五十六首,确为戴作的只有一百八十四首。

卢纶(748?—798?),字允言,河中蒲州(今山西永济)人。早岁避安史之乱,客居鄱阳,曾游吴越。大历初,还京师,屡举不第。六年,由宰相元载、王缙举荐为阌乡尉,旋任密县令、昭应令。历官监察御史、集贤学士、秘书省校书郎、户部郎中,世因称"卢户部"。未几卒。卢纶为"大历十才子"之一,诗名颇著。胡震亨曰:"卢诗开朗,不作举止;陡发惊彩,焕尔触目。篇章亦富埒钱(起)、刘(长卿)。以古体未道,屈居二氏亚等。"(《唐音癸签》卷七)而潘德舆则谓"大历十才子,卢纶第一","卢诗清高,可以与刘文房(长卿)匹,不愧称首"(《养一斋诗话》卷七)。其诗多送别赠答、奉陪游宴之作,而边塞诗不乏盛唐之音。卢纶存诗三百余首,有《卢户部诗集》传世。

李益(748—829),字君虞,祖籍陇西姑臧(今甘肃武威),徙居郑州(今属河南)。大历四年(769)进士及第,六年中讽谏主文科,授郑县(今陕西华县)尉,迁主簿。建中四年(783),又登拔萃科,为侍御史。官低位卑,抑郁不得志,先后从军朔方、鄜坊、邠宁、幽州等地,任职幕府,度过了二十多年的边塞军旅生活,写下了大量诗篇。元和元年(806),入朝为都官郎中,历中书舍人、河南少尹、秘书少监、集贤学士,累迁太子右庶子、秘书监、太子宾客、集贤学士判院事、右散骑常侍。大和元年(827),以礼部尚书致仕。年八十二卒。李益身经玄、肃、代、德、顺、宪、穆、敬、文九朝,阅历丰富,诗名卓著。其诗题材广泛,尤以边塞诗著称,是中唐边塞诗的代表作家。李益《从军诗序》云:"五在兵间,故其为文咸多军旅之思。……或因军中酒酣,或时塞上兵寝,相与拔剑秉笔,散怀于斯文,率皆出于慷慨意气,武毅犷厉。"为诗诸体兼工,尤擅七绝。胡应麟谓"七言绝,开元之下,便当以李益为第一"(《诗薮·内编》卷六)。现存诗一百六十余首,有《李益集》行世。

司空曙(720?—794?),字文明,一作文初,广平(今河北永年东)人,或谓京兆(今陕西西安)人。登进士第,不详何年。曾官主簿。大历五年,任左拾遗,贬长林(今湖北荆门西北)丞。贞元间,在剑南西川节度使韦皋幕任职,官检校水部郎中,终虞部郎中。曙为卢纶表兄,亦是"大历十才子"之一。其诗多为行旅赠别之作,长于抒情,多有名句。胡震亨曰:"司空虞部婉雅闲淡,语近性情。"(《唐音癸签》卷七)现存诗一百七十余首,有《司空文明诗集》。

　　刘禹锡(772—842),字梦得,洛阳(今属河南)人,出生在嘉兴(今属浙江)。贞元九年(793)登进士第,又中博学宏词科。十一年,授太子校书。后入杜佑幕任掌书记,调渭南县主簿,入朝为监察御史。"永贞革新",他是王叔文集团的核心人物,任屯田员外郎。革新失败,被贬朗州(今湖南常德)司马。历任礼部郎中、集贤殿学士、苏州、汝州、同州刺史。开成元年(836),改任太子宾客分司东都,世因称"刘宾客"。后迁秘书监分司,加检校礼部尚书,世又称"刘尚书"。他是唐代古文运动的积极参加者,与柳宗元为文章之友,并称"刘柳"。又是唐代文人词的主要作者,更是杰出的诗人,生前与白居易齐名,世称"刘白"。其诗题材广泛,内容丰富,精练含蓄,骨力豪劲,韵味隽永,富有哲理,并注意向民歌学习,清新自然,脍炙人口,流传颇广。现存诗八百余首,有《刘梦得文集》行世。

　　张籍(766—830?),字文昌,和州乌江(今安徽和县)人。贞元十五年(799)进士。元和元年(806),补太常寺太祝,沉滞下僚,十年不调。长庆元年(821),韩愈荐为国子博士。次年,改水部员外郎,世称"张水部"。大和二年(828),迁国子司业,世又称"张司业"。张籍一生贫病潦倒,四十多岁时,患眼疾几近失明,孟郊戏称"穷瞎张太祝"。张籍工诗,尤长于乐府,与王建齐名,并称"张王乐府"。白居易《读张籍古乐府》云："张君何为者？业文三十春。尤工乐府诗,举代少其伦。为诗意如何,六义互铺陈。风雅比兴外,未尝著空文。"刘攽《中山诗话》谓："张籍乐府词清丽深婉,五言律诗亦平淡可爱,至七言诗,则质多文少。"存诗四百八十余首,有《张司业集》。

　　杜牧(803—852),字牧之,京兆万年(今陕西西安)人。以祖居长安南樊川,世称"杜樊川"。文宗大和二年(828)进士,又登贤良方正、能直言极谏科,授弘文馆校书郎。旋应沈传师之辟为江西、宣州幕吏。又为牛僧孺淮南节度掌书记,世称"杜书记"。入朝为监察御史、左补阙,复出为黄、池、睦三州刺史。再入为司勋员外郎,因称"杜司勋"。出为湖州刺史。官终中书舍人,故世称"杜舍人"。因中书舍人尝称紫微舍人,故又称"杜紫微"。杜牧是晚唐杰出诗人,诗学杜甫,时称"小杜"。其诗题材广泛,风格多样。古体诗风格跌宕豪雄,近体诗更富独创性,特别是绝句,能于拗折峭健之中兼寓风华掩映之美,充溢着一种俊爽清丽而又明快自然的情韵。与李商隐齐名,而风格各有特色,为别于李白、杜甫,时号"小李杜"。明人杨慎曰："律诗至晚唐,李义山而下,惟杜牧之为最。宋人评其诗豪而艳,宕而丽,于律诗中特寓拗峭,以矫时弊,信然。"(《升庵诗话》卷五)现存诗五百余首,有《樊川文集》行世。

许浑(788?—858?),字用晦,一作仲晦,籍贯洛阳(今属河南),寓居润州丹阳(今属江苏)丁卯涧,并自名其集为《丁卯集》,故人称"许丁卯"。大和六年(832)进士及第。后授当涂县尉,转令,移摄太平县令。大中初,为监察御史,以疾辞官东归,起为润州司马。后官虞部员外郎、分司东都,历睦、郢(一云郢、睦)二州刺史,世称"许郢州"。浑为晚唐重要诗人,与杜牧关系甚密。诗歌题材广泛,感时伤事、怀古咏史、登临题咏、田园风光、寓兴抒怀,多所吟唱。韦庄曰:"江南才子许浑诗,字字清新句句奇。"(《题许浑诗卷》)所作诗全为近体,无一首古体,田雯谓:"声律之熟,无如浑者。"(《古欢堂集·杂著》卷三)现存诗约五百首,《全唐诗》编录十一卷,多混入杜牧及他人作品,浑诗误入杜牧集者亦不少。有《许用晦文集》。

温庭筠(801—866,或谓798、817、818、824生,870卒),或作廷筠、庭云,本名岐,字飞卿,太原祁(今属山西)人。貌奇丑,号"温钟馗"。才思敏捷,尤工律赋。每试押官韵,未尝起草,每赋一韵一吟而已,故场中号"温八吟";又谓八叉手而八韵成,故又称"温八叉"。性倨傲,放荡不羁,又好讥刺权贵,为时所忌,累举不第,仅做过随县尉、方城尉一类小官,官终国子助教,故世称"温助教"。生平行迹可考者,以关中、金陵为多,江、淮、湘、鄂次之。庭筠工诗善赋,侧艳清丽,韵格清拔,与李商隐齐名,时号"温李"。又与李商隐、段成式号"三才",三人皆以骈文绮丽著称,又都排行十六,故文号"三十六体"。庭筠为晚唐重要诗人,存诗三百余首,以曾益等编著《温飞卿诗集笺注》较为完备。温庭筠又是著名词人,是第一个着力为词的文人,存词七十余首,是唐代诗人中作词最多的。内容多为绮怀闺怨,风格秾艳绮丽,被奉为"花间鼻祖"。

　　马戴,生卒年不详。字虞臣,海州东海(今江苏连云港市)人。会昌四年(844)登进士第。大中初,任河东(太原)节度使幕掌书记,以正直被斥,贬朗州龙阳(今湖南汉寿)尉,官终国子博士。马戴一生游踪甚广,北至幽燕,南涉潇湘,东游江浙,西临陇蜀。生平与贾岛、姚合、顾非熊、殷尧藩等相友善,酬唱赠答,颇有诗名。薛能《送马戴书记之太原》谓其"诗雅负雄名"。严羽称"马戴在晚唐诸人之上"(《沧浪诗话·诗评》)。纪昀认为:"晚唐诗人,马戴骨格最高。"(《瀛奎律髓刊误》卷二十九)。有《会昌进士诗集》一卷、《补遗》一卷。

　　张乔,生卒年不详。字伯迁,池州青阳(今属安徽)人。尝隐居九华山,与许棠、张蠙、周繇并称"九华四俊"。又与许棠、张蠙、周繇、郑谷等十人号为"咸通十哲"。乔有诗名,《唐才子传》卷十称其："有高致,十年不窥园,以苦学。诗句清雅,迥少其伦。"贺裳谓"乔亦有一气贯串之妙,尤能作景语"(《载酒园诗话》又编)。存诗约一百七十首,《全唐诗》编为二卷。

———　崔涂(850?—?),字礼山,桐庐(今属浙江)人。光启四年(888)登进士第。但一生未仕,长期漂泊,足迹遍及江湘、巴蜀、秦陇等地。涂"工诗,深造理窟,端能铄动人意,写景状怀,往往宣陶肺腑。……每多离怨之作"(《唐才子传》卷九)。《全唐诗》存其诗一卷。

———　杜荀鹤(846—904),字彦之,自号九华山人,池州石埭(今安徽石台)人。未仕前,曾隐居九华山、庐山多年,足迹遍及浙、闽、赣、湘等地。大顺二年(891)中进士。后为宣州节度使从事。天祐元年(904),朱温表荐为主客员外郎、知制诰,充翰林学士,因疾旬日而卒。杜荀鹤继承杜甫、白居易等人的现实主义诗歌传统,自称"诗旨未能忘救物"(《自叙》),"言论关时务,篇章见国风"(《秋日山中》)。其诗能反映社会现实,关心民生疾苦。他专攻近体,无一篇古体。语言浅近通俗,明白晓畅,但亦被人讥为"鄙俚近俗"。存诗三百余首,有《杜荀鹤文集》传世。

　　韦庄(836—910,或谓847、851、857、860生),字端己,京兆杜陵(今陕西西安)人。僖宗中和三年(883),在洛阳应举作成《秦妇吟》,一时传诵,人号"《秦妇吟》秀才"。屡试不第,流落江南达十年之久。昭宗乾宁元年(894)始登进士第,先后任校书郎、左补阙等职。光化三年(900),选杜甫、王维等一百五十人诗为《又玄集》。次年,入蜀为王建掌书记。唐亡,劝王建称帝,国号蜀,以功拜相。官终吏部侍郎兼平章事,谥文靖,故世称"韦文靖"。生前由其弟韦蔼将其作品编成《浣花集》,世又称"韦浣花"。韦庄工诗,今存三百余首,多怀古伤时感旧之作,诗风清丽飘逸,感慨顿挫。韦庄尤善词,与温庭筠齐名,世称"温韦",为"花间派"代表词人。存词五十多首,清简劲直而不浅露,笔直而情曲,辞达而感郁,对后世影响很大。

　　皎然(720—800?),俗姓谢,字清昼,一说法名昼,唐、宋人又称皎公、霅昼、昼公、昼师、然公,湖州长城卞山(今浙江长兴)人。自称是谢灵运后裔。五代又有名皎然者,为福州长生寺僧,为另一人。皎然于开元末、天宝初曾干谒侯门,应试未第。中年后皈依佛门,在杭州灵隐寺受戒出家。大历以后居湖州,往来于西山东溪草堂和杼山妙喜寺。皎然为有名诗僧,与当时文士名流交游酬唱,过从甚密。严羽盛赞:"释皎然之诗,在唐诸僧之上。"(《沧浪诗话·诗评》)存诗五百余首,有《杼山集》(又名《皎然集》)传世。皎然尚著有诗歌理论著作《诗式》和《诗评》,辛文房谓其"皆议论精当,取舍从公,整顿狂澜,出色骚雅"(《唐才子传》卷四)。

　　崔颢(704?—754),汴州(今河南开封)人。开元十一年(723)进士。开元后期,曾以监察御史任职河东军幕。天宝初任太仆寺丞,迁司勋员外郎,世称"崔司勋"。十三载(754)卒。崔颢为盛唐著名诗人,殷璠曰:"颢少年为诗,属意浮艳,多陷轻薄。晚节忽变常体,风骨凛然,一窥塞垣,说尽戎旅……可与鲍照、江淹并驱也。"(《河岳英灵集》)存诗四十余首,有《崔颢诗集》。

　　祖咏(699—746?),洛阳(今属河南)人。开元十二年(724)进士。曾任小官而被贬。后移家归隐汝坟(今河南汝阳、临汝一带)间,以渔樵自终。祖咏早有诗名,与王维、王翰、卢象、丘为等人相友善,有诗唱酬。殷璠谓"咏诗剪刻省静,用思尤苦,气虽不高,调颇凌俗"(《河岳英灵集》)。曹毓德曰:"祖咏诸公,篇什不多,自是盛唐正轨。"(《唐七言律诗抄》)存诗三十余首,《全唐诗》编录一卷。

　　崔曙（？—739），曙，又作"署"。原籍博陵（今河北安平），后迁居宋州（今河南商丘市南）。少孤贱，苦读书。曾往来于两京，隐居嵩山。开元二十六年（738）登进士第，以《明堂火珠》诗而得名。授河内（今河南沁阳）尉。次年卒。曙工诗，与薛据相友善。殷璠称其诗："言词款要，情兴悲凉，送别、登楼，俱堪泪下。"（《河岳英灵集》）今存诗十五首，《全唐诗》编为一卷。

　　皇甫冉（717？—770？），字茂政，丹阳（今属江苏）人。十岁能属文，张九龄叹异之。天宝十五载（756）进士，授无锡尉。后任左金吾卫兵曹参军。大历初，入王缙河南幕，为节度掌书记。二年，迁左拾遗，转右补阙。奉使江表，因省家至丹阳，约卒于大历四、五年（770）间，享年五十四。皇甫冉工诗，与弟曾并称，人称"二皇甫"。诗风清俊，然边幅较狭。高仲武曰："冉诗巧于文字，发调新奇，远出情外。"（《中兴间气集》卷上）现存诗二百三十余首，《全唐诗》编为二卷。

　　元稹（779—831），字微之，别字威明，为北魏鲜卑族拓跋部后裔，洛阳（今属河南）人。贞元九年（793），以明两经擢第。十九年，登书判拔萃科，授秘书省校书郎。元和元年（806），中才识兼茂明于体用科，授左拾遗。历任监察御史、膳部员外郎、祠部郎中、知制诰、中书舍人、翰林学士承旨、工部侍郎同平章事、尚书左丞，出为武昌军节度使，卒于任所。元稹工诗，与白居易齐名，时称"元白"，同为新乐府运动的倡导者。推崇杜甫，主张乐府由"寓意古题，刺美见事"进而"即事名篇，无复倚傍"（《乐府古题序》），作《新题乐府十二首》。元诗最有特色的是艳体诗和悼亡诗，但亦有"元轻白俗"之讥。赵翼曰："中唐诗以韩、孟、元、白为最。韩、孟尚奇警，务言人所不敢言；元、白尚坦易，务言人所共欲言。……坦易者，多触景生情，因事起意，眼前景，口头语，自能沁人心脾，耐人咀嚼。此元、白较胜于韩、孟。"（《瓯北诗话》卷四）现存诗近九百首，有《元氏长庆集》传世。元稹所作传奇《莺莺传》（又名《会真记》），写张生与崔莺莺的爱情悲剧故事，最为后世流传。王实甫《西厢记》，即据之改编而成。

薛逢（806—？），字陶臣，蒲州河东（今山西永济西）人。会昌元年（841）进士，授秘书省校书郎。崔铉镇河中，辟为幕府从事。大中三年（849），铉拜相，擢万年尉，历侍御史、尚书郎分司东都。以持论鲠切，出为巴州刺史。咸通初，历蓬、绵二州刺史。后以太常少卿召还，历给事中，官终秘书监。薛逢工诗，尤工七律。胡震亨曰："薛陶臣殊有写才，不虚俊拔之目。长歌似学白氏，虽以此得名，未如七律多警。"（《唐音癸签》卷八)《全唐诗》录存其诗约九十首,编为一卷。

　　秦韬玉,生卒年不详。字中明,京兆(今陕西西安)人,或云邠阳(今陕西合阳东南)人,或据其诗谓故里在湖南。父为左军军将,因得出入大宦官田令孜之门,为交结宦官的"芳林十哲"之一。黄巢攻陷长安后,随僖宗入蜀。中和二年(882),特敕赐进士及第。官至工部侍郎、判度支。尝为田令孜神策军判官。"韬玉少有词藻,工歌吟,恬和浏亮","每作人必传诵"(《唐才子传》卷九)。存诗三十余首,都为七言。明人辑有《秦韬玉诗集》。

　　王之涣(688—742),字季凌,郡望晋阳(今山西太原)。五世祖时,以官迁居绛州(今山西新绛)。初以门荫得补衡水主簿,被诬去官,优游山水。至晚年,复补莫州文安(今属河北)尉,为官以清正著名。为人倜傥,曾游边塞,善写边塞诗,广为流传。王之涣为著名边塞诗人,薛用弱《集异记》卷二载其与王昌龄、高适"旗亭画壁"故事,可见名噪当时。《全唐诗》仅存诗六首。

　　李端(?—785?),字正己,赵州(今河北赵县)人。大历五年(770)进士,曾官秘书省校书郎、杭州司马。为"大历十才子"之一。《旧唐书·卢简辞传》称:"李端、钱起、韩翃辈能为五言诗,而辞情捷丽。"《全唐诗》存诗三卷。

王建(766?—832?),字仲初,许州颍川(今河南许昌)人。曾与张籍同学于齐州鹊山。贞元、元和间,转历淄青、幽州、岭南、荆南、魏博幕,后任昭应丞,转渭南尉,与宦官王守澄联宗,写《宫词》百首。又历太府丞、秘书郎、陕州司马,晚年罢任,闲居于京郊,约卒于大和年间。王建有诗名,长于乐府、宫词,与张籍并称"张王"。他们二人是新乐府运动的先导,所创作的新乐府诗颇受推崇。白居易说他"所著章句,往往在人口中,求之辈流,亦不易得"(《授王建秘书郎制》)。沈德潜称张王乐府:"心思之巧,辞句之隽,最易启人聪颖。"(《唐诗别裁集》卷八)《全唐诗》收其诗编为六卷,有《王建诗集》(又称《王司马集》)行世。

权德舆(761—818),字载之,天水略阳(今甘肃秦安东北)人,徙居润州丹阳(今属江苏)。四岁能诗,十五岁有《童蒙集》十卷。曾任大理评事摄监察御史充江西观察使李兼判官,德宗闻其名而征为太常博士,转左补阙。后历任中书舍人、礼部侍郎、户部侍郎、兵部侍郎、吏部侍郎,元和五年(810)拜相,后罢出,转历礼部、刑部尚书、山南东道节度使。

贞元、元和间掌文柄,刘禹锡、柳宗元皆投文门下。性忠恕蕴藉,好学不倦。为文雅正,为诗赡缛浑厚,"工古调乐府,极多情致"(《唐才子传》卷五)。严羽《沧浪诗话》谓其诗"有绝似盛唐者"。有《权载之文集》行世。

　　张祜(792?—853?),字承吉,南阳(今属河南)人,晚年寓居丹阳(今属江苏)。早年曾浪迹江湖,狂放不羁。长庆、宝历中,曾两谒白居易。大和中,又为令狐楚所举荐,遭权贵贬抑,一生遂以处士而终。张祜苦心作诗,宫词及五律中颇有名篇,当时即享盛名。有《张祜诗集》多种传世,以南宋蜀刻本《张承吉文集》收诗最多。

　　贾岛(779—843),字浪仙,一作阆仙,自号碣石山人,范阳幽都(今北京市西南)人。早年出家为僧,法名无本,后还俗,屡举进士不第。文宗开成二年(837),年已五十九岁的贾岛,始任遂州长江县(今四川蓬溪)主簿,故世称"贾长江"。任满迁普州(今四川安岳)司仓参军,转授司户参军。未受命卒,年六十五。临终之时,家无一钱,唯病驴、古琴而已。贾岛与姚合交谊很深,又因其诗风相近,故并称"姚贾"。诗风清峭,诗思奇僻,善写荒凉清幽之景,多抒愁苦幽独之情,为著名的苦吟诗人,所谓"狂发吟如哭,愁来坐似禅"(姚合《寄贾岛》)。后世流传的"推敲"故事,就出自贾岛。清许印芳评其诗曰:"生李杜之后,避千门万户之广衢,走羊肠鸟道之仄径,志在独开生面,遂成僻涩一体。"(《诗法萃编》卷六)对晚唐、南宋(如永嘉四灵和江湖派)以至晚明(如竟陵派)都有很深的影响。存诗约四百首,有《长江集》行世。

李频(?—876),字德新,睦州清溪(今浙江淳安)人。少好学,曾千里访姚合学诗。大中八年(854)进士,授校书郎,历南陵主簿、武功令,以政声清正受绯衣、银鱼,历侍御史、都官员外郎、建州刺史,卒于任所。诗作工于雕琢,自称"只将五字句,用破一生心"(《北梦琐言》卷七)。《全唐诗》收诗三卷,有《梨岳集》。

金昌绪,生卒未详,约大中(847—859)以前在世,余杭(今属浙江)人。余事无考。存诗只《春怨》一首,却历代传诵。

西鄙人,乃天宝时西北边地无名氏。

贺知章(659—744),字季真,越州永兴(今浙江萧山)人。少以文辞著名,与张旭、包融、张若虚号称"吴中四士"。武则天证圣元年（695）登进士第，授国子四门博士，后历太常少卿、礼部侍郎、工部侍郎、太子宾客，授秘书监，故世称"贺监"。天宝初，求还为道士，敕赐镜湖以居。为人放达，晚年尤甚，自号"四明狂客"。好饮酒，与李白、张旭等合称"饮中八仙"。亦工书法，善为草、隶。诗作以七绝为妙。

　　张旭（675？—750？），字伯高，苏州吴（今江苏苏州）人。曾为常熟尉、金吾长史，世称"张长史"。嗜酒，为"饮中八仙"之一。善狂草，行为狂诞，人呼为"张颠"。文宗时，诏以李白歌诗、裴旻剑舞、张旭草书为"三绝"，世尊为"草圣"。又以诗文知名，与贺知章、包融、张若虚合称"吴中四士"。其诗"清逸可爱"（杨慎《升庵诗话》卷十）。存诗十首。

　　王翰，一作王瀚，生卒不详，字子羽，并州晋阳（今山西太原）人。景云元年（710）进士。历昌乐县尉、秘书省正字、通事舍人、驾部、兵部员外郎、汝州长史、仙州别驾、道州司马。其间多以恃才傲物、纵欲狂欢遭贬。善写边塞诗，为当时宰相张说所看重。《全唐诗》收诗一卷。

　　张继（？—779？），字懿孙，襄州（今属湖北）人。天宝十二载（753）进士。安史之乱时避居江南，大历年间曾任侍御、检校祠部员外郎兼转运使判官,故世称"张祠部""张员外"。为人自矜气节,素怀大志。工诗文,诗风清迥,所作流传不多。《全唐诗》编为一卷,混入他人之作不少。

刘方平,生卒不详,河南(今河南洛阳)人。出身世家贵胄,而未登进士第,曾入幕。又怀才不遇,一生未仕,隐于颍水、汝水之滨。善画山水,用墨灵妙。工诗,诗风风雅超然。《全唐诗》收其诗为一卷。

柳中庸,生卒不详,名淡,蒲州虞乡(今山西永济)人。为柳宗元族人,萧颖士女婿。安史乱中避居江南。大历中,与颜真卿、皎然等唱和,集为十卷《吴兴集》。后授洪州户曹参军,不就,卒。与陆羽、李端交厚。工诗,《全唐诗》录诗十三首。

顾况(727?—816?),字逋翁,自号华阳山人,苏州海盐(今属浙江)人。至德二载(757)进士,曾任盐官、幕府判官,入朝为大理寺司直、秘书省著作佐郎,贬饶州司户参军。为人诙谐放任,好佛、老之学,曾隐茅山。顾况为中唐杰出诗人,长于歌行,注重诗的现实意义,其诗风对新乐府运动有启蒙作用。《全唐诗》编录其诗为四卷。现存《华阳集》三卷,又称《顾况集》。

—— 朱庆馀，生卒不详，名可久，以字行，越州（今浙江绍兴）人。宝历二年（826）进士，授秘书省校书郎。早岁曾得已享盛名的张籍奖掖，诗名广传，与当世著名诗人贾岛、姚合等皆有唱和。诗擅五律、七绝，多送别记游、酬答题咏之作。《全唐诗》收诗二卷。

—— 郑畋（825—883，或824—882，或谓886卒），字台文，荥阳（今属河南）人。会昌二年（842）进士。曾为中书舍人、梧州刺史。僖宗时入相，旋以议黄巢事罢相。中和元年（881）再度拜相，二年再罢为太子太保。卒谥文昭。畋长于诗文，尤善制诰，为同僚推重。存诗十七首。

—— 韩偓（842—923，或谓844—941），字致尧（一作致光），小字冬郎，自号"玉山樵人"，京兆万年（今陕西西安）人。龙纪元年（889）进士。历任左拾遗、刑部员外郎、翰林学士、中书舍人、兵部侍郎等职，昭宗倚重之，欲拜相，固辞不受。后因忤朱温，两遭贬谪。后曾诏复为翰林学士，惧不赴任，入闽依王审知，卒。偓十岁能诗，李商隐赞为"雏凤清于老凤声"（《韩冬郎即席为诗相送一座尽惊》）。诗多感时伤乱之作，颇具风骨。而其《香奁集》，则轻薄香艳，开"香奁体"诗风。《全唐诗》收诗四卷，有《玉山樵人集》行世。

陈陶(803？—879？)，字嵩伯，晚年自称"三教布衣"，鄱阳剑浦人(《全唐诗》作岭南人，此从《唐才子传》)。文宗大和初，游于江南、岭南一带，曾作诗投献南方各节度使。大中三年(849)，隐居洪州(今江西南昌)西山，卖柑为资。卒，方干、曹松、杜荀鹤等皆作诗哭之。五代南唐亦有诗人曰陈陶，后人常误为一人。陈陶工乐府，《全唐诗》收诗二卷。有《陈嵩伯诗集》行世，其中混有南唐陈陶诗，有待甄别。

张泌，生卒未详，字子澄，淮南(今安徽寿县)人。仕于南唐，后主时为句容县尉，以上书后主言国事激切，征为监察御史，历考功员外郎、内史舍人。擅长诗词，多为七言近体，诗风婉丽。《全唐诗》编其诗为一卷。

杜秋娘，即杜秋。唐镇海节度使李锜妾，锜叛乱被杀，杜秋没籍入宫，得宪宗宠爱。穆宗时为太子保姆，太子废，即归金陵，穷老以终。善歌《金缕衣曲》。杜牧曾作《杜秋娘诗》。